# Nous les referons ensemble

Olivier Autissier

# Nous les referons ensemble

ROMAN AUTOBIOGRAPHIQUE

Le Manuscrit
www.manuscrit.com

5bis, rue de l'Asile Popincourt
75011 Paris
Téléphone : 01 48 07 50 00
Télécopie : 01 48 07 50 10
www.manuscrit.com
contact@manuscrit.com

ISBN : 2-7481-3783-3 (fichier numérique)
ISBN : 2-7481-3782-5 (livre imprimé)

**à Frédéric Faye, *peintre***
**à Thomas Sprauel, *violoncelliste***

# REMERCIEMENTS

D'avoir insisté pour que je me mette au travail,
*Thomas Sprauel*, Paris

De m'avoir lu au fur et à mesure,
De m'avoir permis d'écrire face à la mer,
*Frédéric Faye*, Barneville-Carteret

De m'avoir reçu afin que je puisse écrire « ailleurs »,
*Michel Milner*, Paris
*Sandrine Simon*, Rennes
*Eric Simon*, Rennes
*Fanny et Thomas Simon*, Rennes
*Nycko Cribier*, Orléans
*Ingrid Dollez*, Pionnat

# PREMIERE PARTIE

# 1

Il était cette heure qui fait souvent frémir les repus de sagesse, la dernière avant le tintamarre des réveils annonciateurs de désespérance ; pas tout à fait le matin et déjà plus la nuit. Un silence étrange, à la limite de l'étouffement, pesait sur la place Saint-Dominique en l'enrobant d'une douceur néanmoins légère que rien ne semblait pouvoir prétendre à l'atrophie.

Lucas rentrait. Des traces de pas empreintes d'une assurance-vie fragile sur un cœur qui bat encore traînaient derrière lui dans le frais tapis de neige qui commençait à recouvrir les trottoirs. Toute la nuit, il avait exulté à peu près inconscient du seul colmatage assouvi quand la satisfaction profonde et réelle avait manqué à l'appel. Lucas traversait la place, ce matin-là, comme tant d'autres à l'image de son rituel, à la différence d'une neige inattendue et si blanche. Il revenait repu comme s'il sortait d'un restaurant sauf que celui-ci n'avait rien eu à offrir à l'estomac mais était abondamment pourvu d'une carte des plaisirs sensuels et sensoriels qui vous réserve l'amertume de l'imperfection et de la solitude en guise d'addition. La note s'avérait élevée, l'ardoise rude. La teneur des menus rassasiait sans réserve, comblait l'excitation par l'extase sans toutefois tenir au ventre sur la distance. Lucas, enlisé dans ses habituelles virées nocturnes, avait consommé du sexe en incalculables quantités, consumé autant, d'un appétit illimité, sans peur et affamé. Le rythme effréné des nuits de routine et sublimées se perpétuait à chaque manque, au moindre désir, quand le jeune homme dansait en équilibre sur un fil et que la première brise risquait de l'envoyer dans le décor.

C'était l'heure du retour dans ses pénates, tanière assombrie de doutes et de phobies. Au numéro 4, alourdi de foutres anonymes et pauvrement enrichi de miettes de tendresse récupérées avant dissolution instantanée, Lucas rentrait se réfugier.

Une cafetière électrique maculée de vieilles éclaboussures séchées promettait la brûlure d'un café raide et amer. Le tartre incrusté accélérait la lenteur de la préparation. Lucas alignait les cigarettes, grattait les poils d'une vilaine barbe drue devant son miroir en branlant une queue épuisée qui ne bandait plus. Entre deux tentatives d'érection infructueuse vouée à une éjaculation de dépit, il installa un disque de Marie Laforêt sur sa platine. *Nous les referons ensemble, nous les referons ensemble les vendanges de l'amour*... Ces premières phrases provoquèrent un sourire, sans doute se moquait-il. Lucas coupa le son aussitôt et retourna face à la glace comme s'il avait voulu vérifier son âge. La saison des vendanges était passée. Les douleurs nécessaires pour s'en convaincre l'effrayèrent. Il choisit de s'en griser plutôt que d'en souffrir sans évaluer la portée de cette décision. Le gargouillement de l'eau se tut. Lucas attrapa sa tasse de la veille au fond de l'évier pour la remplir. La solution était âcre et vomitive. Il écrasa son dernier mégot à la surface d'un cendrier débordant avant d'aller disparaître sous ses couvertures. Dans un essoufflement absurde, il jouit ultimement. La neige tombait encore avec l'heure de la désespérance désormais arrivée.

Les persiennes demeurées entrouvertes autorisaient un rai de lumière allongé sur le corps endormi de Lucas. Un relief chaotique et perfectible se distinguait dans la masse sombre. Enveloppé dans ses draps et offert à une pénombre paisible, le jeune homme cachait l'usure sous un spectacle truqué dont la mise en scène fraudait avec l'équivoque de l'oubli usurpé. Un pull-over de laine gris anthracite, effiloché aux coudes et aux poignets, gardé à même la peau, recouvrait les épaules maigres de Lucas. Son visage tapis dans l'obscurité taisait les méandres du sommeil. Cristallisés dans une immobilité de récupération, les membres inertes n'avouaient pas davantage des rêves ou des cauchemars. Seule la respiration calmement rythmée, figée dans la clarté rectiligne permise par l'entrebâillement des volets, signait la vie. Le jour avançait, la place Saint-Dominique s'activait, Lucas cadrait ses cycles en fuites réfléchies de la lumière vraie. Ses matinées ne connaissaient que la rudesse du café bâclé, l'accumulation des mégots mal éteints et la quête d'une masturbation éreintante comme un recours sincère aux désirs non recouvrés ; le tout trempé dans une obscurité de repère. L'endormissement le libérait tout en l'empêchant pourtant. Nu dans son vieux pull de laine imbibé d'odeurs mélangées, les sueurs et les foutres, les siennes et celles récoltées, il s'échappait.

Une trentaine d'années accentuée par l'alcool, l'herbe et le sexe irraisonné confortait Lucas dans une impression donnée de riche vécu. Bien qu'illusoire, l'effet ne cessait d'épater les gosses et d'ameuter les baiseurs les plus expérimentés et demandeurs. Il lui arrivait même d'y croire lui-même. Si quelques fois le gin n'avait pas encore délié ses nœuds de stress, il affichait un air supérieur et désabusé, de celui qui sait et qui a vu. La grimace effaçait le visage, fronçait les sourcils en dessinant une attitude austère et mal aimable. Lucas se terrait dans cette indigestion intellectuelle et quasi- physique pour camoufler ses trouilles. De toutes ses forces, il luttait contre le fléchissement. La prise de conscience de cette absence de confiance en lui transformait tout autre en ennemi. Lucas devait dominer alors s'il ne voulait pas flancher au risque de ne s'attirer que d'antipathiques affections. L'exorcisme du manque en appelait à une maîtrise sans faille de la situation en dépit des spontanéités chassées et des écorchures mises à vif. Mais Lucas avait si souvent répété l'exercice, celui de la personnalité frelatée, qu'il en conjuguait le verbe sur le bout des doigts. Il en était devenu autant l'être attirant et admirable que méprisable. Ce reflet lui convenait probablement.

La sonnerie du téléphone retentit à deux reprises, le mécanisme du répondeur se déclencha. La neige avait cessé sa déferlante mais la couche déposée n'avait pas fondu. Un soleil timide et deviné éclairait le ciel encore lourd. De l'extérieur montait un brouhaha étouffé, ne se transformant plus qu'en un silence érodé en atteignant l'appartement situé au troisième étage. L'espace de clarté agrandi baignait désormais le studio dans sa profondeur. L'endroit se révélait dépouillé, sans recherche, et garni d'un désordre de livres, de disques et de vêtements jetés au hasard des besoins ou des envies. Dans un coin, une table officiait de bureau sur laquelle gisait, là aussi, un enchevêtrement d'objets divers et de papiers. Deux vulgaires chauffeuses en mousse recouvertes d'un tissu usagé noir occupaient le centre de la pièce. Un tabouret laqué rouge et une étagère en bois de pin brut complétaient l'inventaire du mobilier. Les murs du studio, tapissés d'un blanc sali, n'affichaient aucune décoration ; ni photo, ni peinture accrochées. Dans un angle, on trouvait une porte qui dissimulait une étroite salle de bains aux parois noircies d'humidité. L'ensemble reposait sur un parquet ancien parsemé de traces variées.

Le retentissement du téléphone avait réveillé Lucas ; il n'avait cependant pas jugé opportun de se lever sur l'instant. Il remua encore de longues minutes dans ses draps, s'étira en tous sens, grommela en sourdine avant de jeter hors de sa portée la parure du lit. Un frisson lui parcourut le corps, il tendit le bras gauche, alluma une cigarette dont il recracha la première fumée en direction du plafond. D'un geste précis et rapide, il se hissa soudainement du matelas puis avança par automatisme vers la fenêtre. Il regarda, hagard, le tapis de neige, l'ayant presque déjà oublié. Dans son élan, il dressa son sexe par-dessus l'évier où il pissa, d'une urine sombre et odorante, les verres de sa nuit.

Lucas était un homme grand, sec, pourvu de membres longs et dessinés, à l'image d'un athlète révolu dont les muscles se seraient amoindris sans céder à la graisse. Le pull-over collé à sa poitrine alimentait l'imagination plaisante d'un torse joliment bombé. Du col déchiré dépassait un cou haut et mince, un porte tête à fière allure d'une prestance presque orgueilleuse. Son visage avouait sans peine les marques des excès tout en le préservant de l'érosion de l'âge. Le cuivre de la peau adoucissait les traits comme si la teinte suffisait à colmater les rares ridules apparues. Une bouche fine soulignait des lèvres brunes, harmonie parfaite des tons qui conférait une singularité séduisante à la figure. Le nez aux proportions gracieuses aplanissait les angles saillants des pommettes qui creusaient les joues. Mais la principale particularité du modèle dépeint émanait de l'expression stupéfiante du regard de Lucas fondée sur d'immenses yeux noirs, étrangement ronds, dont les cils imperceptibles reposaient sur de si légères paupières qu'elles en paraissaient invisibles. Le front haut encourageait l'arrêt sur ce regard unique. Des cheveux courts, inévitablement bruns, tendus vers l'avant, achevaient le portrait du jeune homme qui arborait ce délicieux tissu adulte serti d'une vague insouciance d'adolescent.

Le jet d'eau froide du robinet de la salle de bains rebondit en gouttelettes éclatées contre la paroi du lavabo. Lucas passa une brosse mouillée dans ses cheveux, échangea son pull contre un autre en maille irlandaise de couleur blanche et enfila un jean de cuir. Adossé au mur, il chaussa une paire de bottes à bouts carrés et talons métalliques puis s'équipa d'un paquet de cigarettes neuf avant de claquer derrière lui la porte de son appartement. Il oublia l'ascenseur et se souvint dans l'escalier qu'il n'avait pas écouté le message sur son répondeur. La réflexion n'interrompît cependant pas sa course. Il descendit au trot comme si subitement il n'avait plus pu résister à une inspiration de fraîcheur. En dépit du tapis de neige qui luttait encore face au soleil discret, l'air demeurait doux. Sans la moindre hésitation, Lucas alla s'asseoir à la terrasse de *L'Azur*, à deux pas, où sa commande de deux cafés serrés d'emblée fut entendue d'un clin d'œil acquiesceur.

## 2

A son retour dans le studio, un second message était affiché sur le compteur de l'appareil enregistreur. Machinalement, Lucas appuya sur le bouton de lecture. Le résultat n'offrit aucune surprise. Dolcita, sa grand-mère maternelle, espèce d'oiseau de mauvais augure, sans voie de disparition, sans voix disparue, ânonnait un bla-bla trop répété *bonjour mon chéri — il est dix heures — ton annonce est trop longue...* tandis que le petit-fils actionnait déjà le mélangeur de la baignoire. L'eau qui cognait contre l'émail l'affranchit des suite et fin du discours. Il savait que sur l'échelle des ses aimables priorités, son intention de rappeler l'ailleule se balançait sur le barreau du degré zéro. Une buée épaisse comme un brouillard anglais se déposa sur les surfaces glacées ; Lucas trépignait d'impatience de plonger dans le tourbillon bouillonnant. Sous les derniers fracas aquatiques qui achevaient le remplissage du bain, il alluma son système de son en poussant le volume jusqu'à l'isolement avant de s'immerger entièrement, ragaillardi par la cadence du projet perpétuel des *Vendanges de l'amour* puis des différentes plages successives du disque. Le corps, poisseux des embruns nocturnes, se ramollit de manière fœtale dans la chaleur moite. Une brève sensation d'arrêt du cours du temps s'engrangea alors dans l'esprit de Lucas.

Des années durant, les témoignages familiaux s'étaient accordés pour attribuer la paternité du surnom de Dolcita à ce premier né d'une génération nouvelle qu'incarnait Lucas. Longtemps, avant qu'il ne comprenne et ne définisse d'un avis moins interdit le caractère du personnage, il s'était gaussé presque de la signature du baptême. Lucas se souvenait aujourd'hui, avec une sorte d'amusement étonné, que pendant sa traversée de l'adolescence il avait même insisté avec une fierté puérile sur cette revendication dont il se faisait l'unique partisan et qu'aucun n'avait nié par évidence de la véracité de l'information. A sa suite - et encore maintenant -, une ribambelle de cousins germains et plus éloignés s'étaient faits l'écho de la tradition. Si bien qu'Odette Albancé, née Boilôt, était devenue pour la plupart, Dolcita. Ce sobriquet alambiqué l'avait arrangée jusqu'aux limites possibles et néanmoins repoussées de ses certitudes tant il la préservait de la vision acérée, trop tard éclairée, de ses multiples descendants. Or, sous le sirupeux surnom se dissimulait une maîtresse en confection du mal en vendant le contraire. L'exemple est vérifiable par d'autres sauf que seule l'expérience propre peut élargir les sus étroits. L'intérêt de la réplication s'avère aussitôt obsolète ; la souris de laboratoire n'étant, dans ce cas et le clan Albancé, qu'un spécimen à nul autre pareil.

Tête de file d'une génération promise bien que survenue à la surprise générale, le nourrisson Lucas avait été arraché à une pouponnière genevoise pour être rattaché aux siens sous le toit des Albancé en périphérie d'une bourgade cévenole, après d'obscures négociations. Odette Albancé dirigeait la demeure d'une main de fer dans l'ombre d'un mari dont personne ne comprît vraiment le rôle attribué au-delà du mécénat de la spermatogenèse et de l'éducation.

L'absence du père au berceau, sacrifiée à une juteuse carrière qui le remplissait d'honneur et confortait sa dignité, avait faussé les rapports filiaux en maquillant la hiérarchie inculquée et prétendue. Nul indice ne le défendait de l'empire qu'il avait offert à son épouse par semences accumulées.

Dolcita flirtait avec une quarantaine seyante quand l'enfant était arrivé au Domaine des Tamaris, s'ébrouant du haut de ses quinze mois dans une garniture de draps en coton blanc, engoncé dans un couffin extérieurement tapissé d'une toile rêche et bleue marine. Autour du berceau inattendu et fraîchement accueilli, la marmaille Albancé avait formé une ronde de stupéfaction sans que, cependant, une quelconque question ne fusse posée. Déjà, y compris les plus jeunes, on regardait le bébé d'un œil soupçonneux comme si la menace d'une inquisition réincarnée avait plané sur toute ouverture ou supposée telle envers l'hôte imprévu. Le manège empreint de jeu et de curiosité n'avait pas duré, interrompu par Dolcita qui isola le nourrisson au pied du divan de son salon privé et renvoya sa progéniture à ses occupations ; les filles s'en retournèrent à la coiffure d'une poupée, d'autres se chamaillèrent pour une boîte de perles, les garçons se déguisèrent ou chevauchèrent une bicyclette. On avait œuvré à la séparation des plus grands pour couper court à toute tentative d'échange et de rumeur, relatifs à l'événement.

Le petit Lucas grandit dans cet espace d'ordre établi, appuyé sur les deux piliers de la morale caduque et d'une pratique religieuse d'apparat et fiable. Sous ce régime matriarcal et totalitaire, il s'écoula neuf années pendant lesquelles on confina le garçonnet dans sa différence d'origine à cause d'un sang banal issu d'un voisin amoureux, d'un rang et d'une philosophie moins éclatants selon des critères discutables mais qu'on n'aurait réfuté à aucun prix.

Cette période d'ancrage à une autorité intransigeante croisa celle de l'enfance avec tous ses émerveillements, ses délices, ses joies. Au Domaine des Tamaris, Lucas rencontra la beauté, le charme des hommes et des femmes, la splendeur des lieux, le goût de la nature, l'attrait des objets, la puissance et la majesté de la musique. Tout lui était nouveau, inconnu, possible. La magie éblouissante des Noël étincelants et gourmands, le mystère des légendes (Lucas crût tardivement au passage de la petite souris, aux cadeaux du Père-Noël, à la faim de l'âne de Saint-Nicolas), la surprise des anniversaires où il se sentait porté en héros, les tendresses inouïes d'une institutrice ou d'une tante attentionnée, toutes ces facettes brillantes au jeune âge contrastaient avec la rigidité instaurée au Domaine. Soulignés d'un semblable trait contradictoire à la soumission requise par Dolcita, des chants, des poésies et de la littérature emplissaient l'espace sous l'impulsion de la maîtresse de maison. Très vite, son petit-fils acquit une réelle sensibilité à ces émotions proposées. Entendre sa grand-mère entonner des airs classiques qu'il jugeait trop difficiles ne le comblait pas d'extase, mais la manière qu'elle avait de composer ses corbeilles de fleurs séchées ou de réciter un texte avec sa juste intonation transportait les sens du gamin vers un plaisir sublimé qui allait rapidement forger un désir exacerbé de création. Aussitôt qu'il sût correctement lire et écrire, Lucas entreprit d'inventer des histoires propres à ses conceptions, de raconter ses envies et son imaginaire. Sans doute, ressentait-il si jeune ce besoin incommensurable de retracer son existence. Tout refaire à sa guise. Pendant des heures tissées de calme et de silence, il noircissait des pages entières assuré par son innocence infantile qu'il deviendrait dans le futur un illustre écrivain. Cela n'arriva pas. Les découragements insistants d'un entourage dépourvu d'esprit eurent raison de la faiblesse du môme.

A l'exception de cette bravade au destin vouée à l'utopie, et sous un angle de vue à l'aspect reluisant, Lucas connût une enfance plutôt heureuse. A cinq ou sept ans, la vie se présentait à lui sous une forme appétissante, luxuriante et joviale. Il lui fallut compter bien d'autres années pour que la réalité des dégâts affectifs commis n'apparaisse.

La température du bain avait considérablement tiédi. Lucas n'avait pas prêté attention immédiatement au refroidissement jusqu'à ce que de menus frissons de ne le sortent de l'engluement à ses souvenirs. Il s'était laissé guidé vers cet abandon, à tous les sens du terme valables, par l'entremise malheureuse d'un message laissé sur son répondeur dont la principale conséquence se réduisait à l'encombrement de ses pensées. Quand le rafraîchissement de l'eau généra un inconfort prononcé, le jeune homme tira d'un coup sec sur le bouchon d'évacuation. Un gargouillis indescriptible d'aspiration rota à l'orifice de la canalisation après chaque gorgée engloutie, sale et collante. Une serviette enroulée autour de la taille, Lucas s'assit sur le rebord de la baignoire en spectateur privilégié et complice de l'élimination enclenchée.

## 3

Le quartier Saint-Dominique se remettait des émotions fébriles qui l'avaient agité ces dernières semaines. Les vitrines de la place et celles des rues adjacentes se déparaient doucement de leurs effets scintillants. Dans certains magasins pourtant, des guirlandes de papier d'argent ou de vilains mobiles en plastique demeuraient accrochés aux devantures. Parfois, une vendeuse hissée sur un escabeau terminait d'ôter les décorations dépassées. Les ampoules électriques multicolores suspendues au-dessus des chaussées avaient été retirées la veille par les employés des services municipaux. La période faste des fêtes des fin et nouvel an se terminait. Déjà, par tradition, les vœux conventionnels n'avaient plus de véritable sens, voire de raison d'être. La sempiternelle cadence d'un quotidien ordinaire, en sortant d'une saison surexcitée à souhait reprenait ses tons hivernaux sous un voile noir et blanc. Lucas aimait ce retour au calme, cet effacement subit et presque brutal de l'euphorie excessive. Accoudé à sa fenêtre, il assistait au dépouillement des essences artificielles avec un plaisir non dissimulé comme si son espace et son temps revenaient au repos. Un large sourire mangeait son visage.

Stridente, la cloche de l'école maternelle annonça la fin des cours de l'après-midi. Bien involontairement, le tintement aigu indiquait aussi l'horaire de la séance du petit cinéma de la rue du Sans-souci. Sous l'impulsion de l'information reçue, Lucas enfila une veste jaune en peau et accéléra, ravi, jusqu'au *Capitole*. L'affiche proposait une programmation alternée entre un succès commercial actuel et un titre classé « Art et Essai » en vogue. L'établissement ne comportant qu'une salle unique, le choix n'avait d'attractif que le nom mais le mérite d'exister n'était pas moindre. La projection imminente n'enchanta guère Lucas. Il hésita un instant à poursuivre sa course en direction des sept *Gaumont* du boulevard de l'Isle qui offraient un éventail évidemment plus large. Toutefois et malgré l'impossible sélection, il élimina cette éventualité pour lui préférer le programme immédiat du *Capitole*, simplement par pure affection pour la maison.

Une publicité en faveur d'un savon aux senteurs exotiques illuminait l'écran de ses multiples couleurs vives. Dans la pénombre, Lucas avança aisément vers un rang de fauteuils vides en comptant vaguement une malheureuse poignée de clients. La vétusté du bâtiment et de son équipement technologique ne favorisait pas la fréquentation du cinéma de quartier. Le public s'orientait désormais vers les salles rénovées du boulevard. Lucas pensa que ce déplacement se justifiait. Néanmoins il regrettait cette désaffection de plus en plus massive des spectateurs du *Capitole* tandis qu'il persistait à compter parmi les habitués à l'image d'un fidèle fier et assidu à sa paroisse. Une nostalgie équivoque s'animait en lui. Il admettait en effet que les installations modernes apportaient un progrès tel qu'il en niait toute comparaison avec de moins perfectionnées.

Quand les lumières s'éteignirent complètement, Lucas ferma brièvement les yeux comme s'il s'appliquait à opérer un vide intérieur par une chasse de toutes pensées inopportunes afin de se sentir entièrement disponible pour recevoir le film. L'obscurité totale ne dura que de courtes secondes puis l'écran se ralluma soudainement simulant un accueil fastueux et resplendissant au spectacle. Les premières images suivirent aussitôt entraînant la salle vers un ailleurs fictif et virtuel, presque un voyage dont la destination se déclinait dès le départ. Une route vue de haut défilait sur la toile, volonté montrée d'une direction prise vers un lieu attendu et primordial à l'histoire. Lucas glissa dans son fauteuil, dos rond, il croisa les jambes. En surimpression, des noms apparurent ; les comédiens, le réalisateur, l'équipe de production, le titre. La ligne de goudron traversait des prairies, croisait des villages, longeait des champs, dépassait des rivières. Dans sa trajectoire, la caméra élargissait ou rétrécissait l'angle de vue. Parfois, le spectateur se retrouvait collé au bitume tandis qu'à d'autres moments il dominait la gigantesque envergure d'un environnement quand la route ne devenait alors plus qu'un fil brodé sur le relief. Plus loin, l'itinéraire se brouillait par des bifurcations successives. L'objectif empruntait un pont qui chevauchait la Loire, caressait les abords d'une ville avant de pénétrer le cœur d'un faubourg. L'action allait se dérouler ici, dans une demeure maquillée pour les besoins du décor. Dans une chambre, une belle et jeune femme mourrait.

A mi-chemin entre le jour et la nuit, le ciel déployait une beauté rare de teintes opaques tendant vers un gris bleuté pâle. Lucas eut l'impression d'un fard chimique étalé grossièrement comme de la peinture sur une aquarelle issue de la pure imagination de son créateur. Il stationna quelques minutes sur le parvis du cinéma en scrutant ce plafond nuageux et inouï. Autour de lui, le trottoir ne désemplissait pas de passants hâtifs qui semblaient vouloir profiter des derniers instants avant la fermeture des magasins. Cette agitation grouillante stimulait son besoin d'arrêt. Il ne savait pas rompre avec le film qu'il venait de voir, retourner à la réalité qui l'entourait. Ce ciel surprenant l'aidait dans sa difficulté de transition par son aspect fantastique. La sensation tourna rapidement au plaisir impliquant un refus net de cette rupture avec une envie viscérale de se maintenir à l'extrême limite du réel et de l'imaginaire. Un bouleversement inattendu avait émané des images au point que Lucas ne maîtrisait plus exactement la frontière avec la fiction. Il resta encore immobile, quasiment figé, la tête en arrière face au ciel, sans parvenir à se détacher comme si la proximité du petit *Capitole* favorisait l'entretien de la confusion.

Mais Lucas demeurait convaincu de se situer dans le juste. Sans nul besoin de s'en persuader, une certitude qu'il ne s'autorisait pas à réfuter assurait sa position. Il persistait à croire que, dans le cas précis de ce film, la réalité et l'imaginaire s'étaient rejoints. Jamais auparavant une projection n'avait provoqué un pareil trouble chez lui, ni même suscité une quelconque interprétation possible de sa vie, ou si peu qu'à peine. L'histoire et les personnages ne comptaient pour rien dans ce ressenti étrange et déstabilisant. Pas une seule fois l'idée d'un transfert entre le scénario et son parcours personnel n'avait germé. Lucas se préservait toujours de ce type de juxtaposition en exacerbant sa lucidité face à un éventuel calquage par crainte de la perversité de la métaphore. Il s'agissait en l'occurrence d'une dimension différente, dénuée de tous faits et gestes, mais qui résidait dans le lieu où le récit avait été placé. La maison qui avait servi de décor à la plupart des scènes ne sortait pas des ateliers des fabricants de carton-pâte. Lucas la connaissait. Mieux, elle lui était familière. Mais rien ne l'informait du pourquoi et du comment. Pas davantage du quand.

La fébrilité du début de soirée n'en finissait pas, les boutiques servaient leurs derniers clients rongeant désormais le sursis qu'elles s'accordaient par rapport aux horaires légaux affichés. Lucas enfourna ses poings au plus profond des poches de sa veste. La nuit descendante dominait sensiblement le jour en déclin, avec elle une humidité saisissante imprégnait l'air. Doucement, Lucas osa un pas, puis un autre. Identique à quelqu'un qui quitterait une immobilité prolongée, au sortir d'une période de néant, il avançait lentement en longeant l'arête du trottoir. Le regard baissé, les yeux rivés sur ses pieds, il imitait ces enfants qui en jouant dans la rue s'imposent des règles strictes pour marcher en fonction de la position des jointures entre les dallages. Sauf qu'aucune contrainte de mouvement ne dictait ses déplacements ; La bordure le guidait naturellement. Sans percevoir vraiment l'aspect machinal de sa démarche, à ce rythme irréfléchi avec une sorte de cadence automatique, il regagna finalement et tranquillement son appartement.

Tout de même, cette maison le taraudait au-delà de la raison éclipsant toute sagesse dans les questions dont il se harcelait sans répit. Il fouilla sa mémoire, passa en revue les moindres recoins les plus éloignés allant jusqu'à creuser dans le chapitre de ses rêves retenus et emmagasinés. Le souvenir n'existait pas, du moins il ne le retrouva pas. Pourtant, Lucas jurait de ne pas se tromper. Il luttait contre l'impossible méprise, avec une franche conviction qui l'emportait sur la hardie traîtresse. A cette seconde, il aurait voulu contacter amis et famille pour les jeter dans l'énigme, s'en faire des coéquipiers d'aventure. Il songea à Dolcita, à sa culture et son intelligence pointues qui sauraient probablement l'aider dans son enquête. L'envie subite de l'appeler le taquina sans cesse comme une idée récurrente. Mais saugrenue aussi. Il trouverait sa grand-mère évidemment occupée à quelque pacotille, elle lui aurait promis de réfléchir, il ne l'aurait pas dérangée, elle n'y aurait donné aucune suite. La stérilité prévisible de l'échange força l'abandon de son dessein. Lucas se débrouillerait seul avec sa ténacité légendaire, cette détermination indestructible qui soulignait son caractère et qui jusqu'à présent le tenait debout et digne.

A l'approche du numéro 4, place Saint-Dominique, il distingua la silhouette de Julien qui l'attendait devant la porte d'entrée. Dans n'importe quelle autre circonstance, vraisemblablement la visite surprise de son ami l'aurait réjoui mais l'obsession qui le hantait, et dont il endossait seul les rôles de victime et bourreau, ternit ostensiblement cette joie. Une contrariété évidente transforma son visage à la vue inopinée de Julien. Lucas se rendit compte de ce changement subit d'humeur ce qui eut pour effet d'augmenter son embarras. Les deux acolytes éprouvaient l'un pour l'autre une telle tendresse privilégiée où se mêlaient une amitié et un amour confondus, une complicité si forte dans leur relation que Lucas ne souhaitait d'aucune manière blesser son compagnon. Il n'en effleurait ni le désir ni le projet. Aussi, il se devait rapidement d'inventer une parade plausible afin d'éviter à Julien la culpabilité du tourment apparent. Quelques dizaines de mètres les séparaient encore. Lucas ralentit sa vitesse autant que le bon sens le permettait. Julien l'aperçut alors et lui adressa un signe de la main. Ils se rapprochaient davantage. Lucas répondit en lançant ses bras en l'air comme s'il espérait que l'attitude physique cache l'expression des traits. Ils s'embrassèrent. Le plaisir s'imposa sans préambule ni calculs. Lucas recouvra son sourire et empoigna les cheveux de son ami pour s'en caresser les yeux.

Accompagné chacun d'un verre de gin, allongés face à face sur le lit, les deux hommes bavardaient en fumant des cigarettes. A aucun moment dans leur conversation Lucas n'évoqua la maison du film. Hésitant entre la peur d'un ridicule possible et le refus de la démonstration d'un quiproquo évident que pourrait lui assener son hôte en réaction, il préféra taire le bouleversement qui venait de le secouer.

En écrasant nerveusement un nouveau mégot dans le cendrier qui s'emplissait à vue d'œil, Julien raconta une journée de travail harassante au lendemain d'une nuit cauchemardesque que des suées à seaux avaient éprouvée. Son réveil tumultueux l'avait pétrifié d'angoisses. Il expliqua qu'il avait tenté de lui téléphoner au milieu de la matinée dans l'espoir de dissiper son stress, en vain. Par un message laissé sur son répondeur, il l'avait l'informé du besoin indéniable et urgent de son amant. Lucas déjà ne l'écoutait plus. Penché en avant vers ce corps offert, il frottait sa bouche sur le tergal du pantalon, à l'endroit où le sexe de Julien se tendait. D'un mouvement brusque et précis, il enfourcha son partenaire et s'agrippa à son cou. Quand celui-ci fut complètement redressé, il plaqua son visage contre sa poitrine. Ses lèvres avalèrent un téton durci que des coups de dents commençaient à lacérer. Lucas et Julien se confondirent aussitôt dans un enchevêtrement de chair. Ils se dévoraient mutuellement tels des chiens de combat dans une lutte acharnée sous le néon glauque d'un hangar improvisé et clandestin que rappelait la luminosité de la lune étouffée derrière des nuages bas et chargés.

# 4

Nu, agenouillé au pied de son bureau, au centre d'un tapis de photographies renversées pêle-mêle sur le sol, Lucas remuait des clichés sans date ni légende dont la plupart se contentaient d'une approximative estimation. Sous ses doigts jaunis par le tabac de la nuit, défilaient groupes, paysages, portraits, vacances, fêtes familiales, soirées entre amis, voyages. Dans le vrac répandu, aucun tri même suggéré ne ressortait. La vue en noir et blanc d'un parc enneigé succédait à des papiers de couleurs brillants d'un tout autre registre. Une sorte de puzzle de vie jonchait le parquet, qui ne demandait qu'un tant soit peu de sens méthodique pour se construire en une forme élaborée. A la va-vite, Lucas s'attela à cette sélection hasardeuse. Les indices manquaient, la besogne s'annonçait titanesque. Il essaya d'abord de différencier les époques, établit un classement relatif en fonction des lieux représentés. Il sépara ensuite les figures de l'ensemble. D'emblée, il admit son erreur. Sans réfléchir, il s'appliqua à l'opération inverse. Dès lors, la chronologie disparaissait. Alors Lucas se mit à rire fort, il aboya un juron basal. D'un revers de la main, il balaya grossièrement les photos, en échafauda une pile dégingandée et les éplucha une à une en se moquant éperdument de l'ordre dans lequel il les piochait.

Julien dormait encore à l'heure du verdict de la quête infructueuse de son ami. Nulle part sur aucun cliché cette maison ne s'était matérialisée. Pas la moindre trace, pas d'ombre. Déçu et rageur, Lucas rangea le tout dans un vieux carton d'emballage qu'il enferma à son tour à l'intérieur d'un placard. Une sensation d'efforts inutiles l'irrita, son esprit s'égarait dans des sentiments confus assaillis d'idées contradictoires. Arpentant son studio dans la longueur, décrivant un alignement de pas sans but, singeant une anxiété poussée à l'excès, Lucas tempêtait. Il était si sûr, il n'en démordait pas. Son allure nonchalante multipliant les allers et retours entre la fenêtre et le mur traduisait les doutes qui l'affectaient. Une nouvelle fois, il interrogea son passé par un matraquage de questions qui réussissaient surtout à l'amuser autant qu'elles le désespéraient. Lucas voyait bien que la situation s'apparentait de plus en plus à quelque scène ridicule, tout juste burlesque. Mais il s'en moquait, il revendiquait son affirmation. Il voulait savoir. Il saurait. Son poing frappait la paume de l'autre main d'un mouvement répétitif et acharné. Le claquement sourd provoqué tira inévitablement Julien de son sommeil alangui. Ce dernier poussa un grognement de mécontentement en s'étirant simultanément les bras à s'en rompre les articulations. Il se retourna, balança une épaule par-dessus le lit en bataille. Le corps allongé à plat ventre épousait parfaitement les courbes du matelas. A travers le drap ajouré, sa nudité se dévoilait pudiquement. Lucas apporta une tasse de café brûlant à son amant. Il s'assit tout contre lui, caressa lentement son dos puis déposa un baiser sur sa joue chaude. Les yeux enflés et rougis de Julien avaient beaucoup de peine à se maintenir ouverts. De leurs peaux réunies émana une sérénité particulière, un doux confort où se croisaient une chaleur profonde et une paix de surface mais dont l'étanchéité résistait suffisamment à l'invasion des tracas de Lucas. Tout de suite, il sentit ses nerfs se dénouer, son énigme marquait une trêve. Le regard des garçons se fondait comme deux miroirs disposés de telle sorte que les reflets renvoyés s'unissent dans mouvement perpétuel et calme. La gourmandise les soumettait. Ils cédèrent à sa tentation.

Chacun leur tour, ils burent à l'unique tasse un nectar refroidi qui les arracha à la léthargie ambiante. Julien sauta le premier hors du lit pour aller vider dans l'évier les restes du café infâme. Lucas l'imita mais fila directement à la salle de bains. Le film et sa mystérieuse maison lui revinrent immédiatement à la figure quand il se découvrit dans la glace. Des cernes noirâtres creusaient son visage, exagérant un air fatigué et torturé. L'étreinte éphémère, déjà presque oubliée, n'était pas parvenue à réguler le tourment qui attisait le branlement de ses pensées depuis la veille. L'image de ses yeux outrageusement exorbités semblait implorer un répit. Et bien que le repos de sa nuit fut bref, Lucas n'envisagea pas une seule seconde de reporter ultérieurement son enquête. Au fur et à mesure que son obsession grandissait, la certitude d'un lien solide, affectif peut-être, qui le scellait à cette maison égarée, s'intensifiait. De temps en temps, il aurait préféré que la rencontre ne se produisît pas. Mais ces éclairs de temporisation relative, toujours instantanés, s'espaçaient de plus en plus. Très rapidement, il les nia comme s'ils l'offensaient personnellement en portant atteinte à son propre destin. Lucas s'investissait avec une ardeur diligente d'un passé inconnu dont il ne percevait rien, exceptée une demeure nouvellement apparue. Ce fut en terminant d'uriner qu'il décida catégoriquement qu'une nécessité s'imposait ; il devait se rendre sur place.

Dès qu'il en exprima l'intention, à voix basse et à lui seul, une fièvre s'empara de l'impatience qui agaçait irrémédiablement ses sens. Le départ revêtit un caractère d'urgence à tel point que son projet ne souffrait plus aucun délai. Le phénomène prit subitement une toute autre ampleur. L'excitation infantile de ce déplacement décuplait à chaque minute. Toute pensée générait automatiquement une idée neuve. Lucas ne discernait plus exactement ce qui relevait du besoin, de l'envie ou du plaisir. En cela, il se laissa aspirer dans la spirale d'un cercle vicieux, celui d'une frénésie sans cesse croissante. Son regard brillait identique à celui d'un mouflet happé par une vitrine enchanteresse qu'une jolie animation de jouets magnifiait.

Appuyé contre l'encadrement de la porte entrebâillée, julien se tenait immobile à l'affût des simagrées de son ami. Etonné, il observait sa transe sans en comprendre les motivations. Toutefois, il ne chercha pas à l'interrompre et se contenta de sa position privilégiée. Il demeura ainsi, retranché de la scène qui se jouait entre la baignoire et le lavabo, en témoin stupéfait et curieux. A différentes reprises, le tableau dans lequel Lucas continuait d'évoluer le fit sourire tellement la situation tournait parfois au grotesque. Mais il persista à se taire jusqu'à ce qu'il se révéla à son compagnon quand celui-ci s'approcha plus près du miroir. L'apparition inattendue le fit sursauter comme s'il avait eu quelque chose à se reprocher. Julien lâcha enfin un rire gras alors que Lucas s'engageait sur la voie opposée. Sur un ton de colère, il traîta Julien de voyeur malhonnête. Cet espionnage insoupçonné le contraria terriblement. Julien eut beau se défendre, prétendre à l'innocence de son silence, Lucas ne l'excusa pas. Tandis que l'un s'efforçait d'avancer sur le terrain de la réconciliation, l'autre refusait la main tendue. L'impasse les engloutissait tel un marécage de sables mouvants. Une querelle haute en verbes et riche d'une surenchère mutuelle d'arguments fusa. Aucun ne transigeait. Malgré l'attaque dont il essuyait les reproches acerbes, Julien réfutait toute culpabilité. Mais Lucas portait toujours son accusation. Pris au dépourvu face à l'ignominie des propos outranciers tenus à son encontre, Julien prit ses cliques et ses claques puis disparut sans salut.

Le recul aidant, Lucas regretta l'altercation bien plus tard dans le début de l'après-midi mais ses priorités vaquaient depuis belle lurette vers d'autres horizons. Pris cependant de remords, à deux reprises il se risqua à téléphoner. Systématiquement confronté à la tonalité signifiant l'occupation de la ligne de Julien, il ne persévéra pas dans sa tentative d'apaisement du conflit. Il misa sur la probabilité de la résorption de l'abcès par le facteur temps.

Un soleil blanc d'hiver adoucissait la rigueur d'une température graduée en dessous des normales saisonnières. Lucas traversa la terrasse déserte de *L'Azur* et pénétra dans la salle, guère plus fournie en clients. Il s'installa au comptoir pour dévorer un gargantuesque sandwich arrosé d'une chope de bière fraîche. Sans lui prêter d'attention particulière que celle du service, l'employée du bar s'affairait à un nettoyage minutieux du percolateur. Ne rechignant pas sur l'huile de coude dépensée, Françoise frottait la machine énergiquement avec une éponge gavée de mousse qui valsait sur les chromes. L'ardeur consacrée à la tâche secouait les rondeurs partout débordantes de la brave femme. Une transpiration abondante auréolait son corsage. Des gouttes perlaient sur ses tempes comme si la graisse fondait sous l'effet du travail en lui collant des mèches de cheveux blonds sur le front empourpré. Interloqué par cette vision singulière, mais néanmoins affamé, Lucas mordait à pleines dents dans le pain craquant. La serveuse s'empara d'un torchon propre pour s'en essuya le visage avant de marquer une pause. Avec Lucas, elle échangea quelques bavardages essentiellement futiles. Il apprit ainsi, parmi un déballage de potins désuets, que Julien était passé un peu plus tôt. Précisant qu'il n'avait pas paru être dans son assiette, Françoise en dressa un portrait à l'expression fermée, l'air vexé et la bonne humeur envolée. Lucas répondit vaguement, ne souhaitant pas s'étendre sur le sujet de leur dispute. Son interlocutrice avala un grand verre d'eau puis retourna à sa besogne tout en poursuivant la conversation légère. Le zèle des derniers coups de chiffon acheva le lustrage de l'appareil. Lucas réclama deux cafés serrés à la suite tout en s'excusant de saper le travail accompli. Françoise haussa les épaules comme pour dire que ça lui était égal. Pendant que le percolateur remplissait les tasses, Lucas feuilletait un journal gratuit d'informations diverses mis à la disposition des consommateurs. Distraitement, il tourna les pages sans les lire vraiment, survola les titres des différentes rubriques jusqu'à la page des spectacles sur laquelle il s'arrêta plus longuement. Il parcourrait les articles succinctement lorsqu'il trouva la colonne des entrefilets concernant les films actuellement à l'affiche. Une présentation rapide se tassait sur trois ou quatre lignes pour chacun d'eux. Le résumé de celui qui l'intéressait confirma la situation de l'action en Touraine. Le renseignement lui parut cependant bien maigre. Et si le décor avait été emprunté ailleurs, si le tournage s'était déroulé dans une région autre, si cette fameuse maison n'était pas tourangelle ? Lucas se laissa gagner par de nouveaux doutes. Absorbé et pensif, se rongeant un ongle puis un deuxième, il se perdait encore, et toujours davantage, dans les méandres obscurs de ses questionnements récurrents. L'urgence de son enquête resurgissait de plus belle. Cul-sec, il ingurgita les cafés tiédis. Dans la foulée, il régla le total de ses consommations. Avant de quitter le bistrot à la hâte, il souffla une bise à Françoise qui se demanda quelle mouche venait de le piquer.

Il arriva essoufflé dans le hall minuscule du *Capitole*. Une moquette grise, usagée, recouvrait le sol. Contre le mur de droite, dans une cage vitrée aux montants boisés, la caissière établissait un décompte de billets. En face de sa guérite, des panneaux protégés par des plaques de verres verrouillées abritaient les fiches techniques, des photographies, les synopsis et quelquefois une critique plutôt avantageuse des films programmés. Un espace plus réduit était réservé aux sorties prochaines. Lucas s'avança devant ces placards espérant y recueillir de plus amples précisions sur le lieu exact de la maison.

Cette fois encore, il ne récolta rien de conséquent. Il interrompit l'employée du cinéma dans ses calculs mais elle ne put lui apporter aucun éclaircissement supplémentaire. Il songea alors à contacter la société de production dont il prit soin de mémoriser le nom. D'un dernier coup d'œil, il s'imprégna des photos extraites du long métrage. Il reconnut la longue route du générique sur l'une, les autres ne relatant que des plans extérieurs.

La préposée des renseignements téléphoniques le mit automatiquement en relation avec le numéro dont il s'était enquis. A l'autre bout du fil, une standardiste en savait moins que lui. Lucas se promena ensuite de bureau en bureau. Chaque correspondant ignorait et le renvoyait vers un collaborateur censé répondre, prétextant que l'équipe chargée de cette production était absente pour cause de repérages d'un tournage futur. Excédé, Lucas finit par remercier et raccrocha. En conclusion, il ne pouvait plus désormais ne compter que sur la chance à laquelle le manque d'alternative le força à croire fermement.

Etendu sur son lit, il fixa son départ au lendemain matin. Ce fut aussitôt un soulagement imprévu. Il soupira tranquillement, réveillant alors une fatigue accumulée. Il accepta d'y succomber enfin. D'un bras tendu, il alluma sa chaîne HI-FI. La musique l'accompagna tout doucement vers Morphée. *Nous les referons ensemble, nous les referons ensemble…*

## 5

Un chemin abrupt, grossièrement remblayé par les débris d'une caillasse de calibre aléatoire, descendait sous les fondations d'entrepôts désaffectés. En bas de la pente chaotique, une forêt de larges piliers carrés en béton transperçait un vaste espace de terre battue salie que les pas de plusieurs générations avaient foulée et tassée jusqu'à l'endurcir. Des murs tapissés de salpêtre fermaient le soubassement de tous les côtés. Une ouverture unique en permettait l'accès et l'issue. La lumière pénétrait péniblement. Seul le contact prolongé de l'œil avec l'obscurité en s'y habituant facilitait la progression dans l'antre. Rien n'interdisait cependant d'avancer d'entrée de jeu à tâtons dans le noir quasi complet. C'était d'ailleurs pratique courante, l'usage pourrait-on dire, ce qui de surcroît produisait un effet pimenté supplémentaire à la trame des bals qui s'y donnaient.

On racontait, comme une légende perpétuée, que l'endroit avait autrefois servi au stockage de sacs de farine quand l'activité des moulins, depuis longtemps détruits, s'inscrivait pour une part importante dans l'économie des quartiers du sud de la ville. Cette industrie artisanale, qui avait connu une heure de gloire très florissante, s'était effondrée avec la modernisation des techniques de fabrication. A cette époque, toutes les habitations basses des meuniers avaient été vendues puis transformées en résidences de villégiature attrayantes par leur aspect campagnard. Bien plus tard, l'essor de la promotion immobilière avait conduit les pouvoirs locaux au rachat des terrains. Les maisonnettes furent rasées au profit d'une grande zone commerciale et tertiaire.

Une odeur de vieille farine incrustée frôlait aujourd'hui encore les narines de ceux qui déambulaient, le jour ou la nuit, entre les piliers. Le parfum qui semblait émaner de tout l'espace s'amplifiait très nettement lorsqu'il pleuvait. Le sol devenait meuble, les parois poisseuses transpiraient. Avec l'emprisonnement de la chaleur engrangée dans ce lieu sans courant d'air possible, une moiteur puante se collait alors à l'air. Par endroits, l'humidité suintait le long des murs en fines traînées qui suivaient les sillons creusés au fil des ans. Pour Lucas, il s'agissait des conditions idéales pour errer sous les entrepôts, quand ils s'imprégnaient de cette poix glauque et que le battement de la pluie assourdissait les bruits de l'intérieur.

Le soleil avait brillé toute la journée, un ciel limpide et étoilé le remplaçait. Lucas n'avait pas pour autant retenu ses élans, faisant fi des prestations climatiques, il avait répondu à l'appel de ses insatiables appétits. Vêtu d'un blouson et d'un pantalon de cuir usé, il était arrivé, fidèle à son habitude, peu après minuit. D'abord, l'obscurité avait trompé ses impressions. Doucement, il s'était guidé au son des pas feutrés qui frappaient la terre des talons, et plus lointains, des râles masculins étouffés par la résonance. Ci et là, de minuscules incandescences rouges de cigarettes brillaient. Lucas s'était approché ne distinguant qu'au dernier moment la silhouette des hommes croisés. Des ombres, surgies de nulle part, étaient passées tout près. Certaines s'étaient arrêtées à sa hauteur, lui pas. Le contraire s'était produit aussi. Petit à petit les yeux s'étaient accoutumés, juste ce qu'il fallait pour ne pas altérer le plaisir de la reconnaissance furtive. A son tour, Lucas s'était calé contre un pilier pour allumer une cigarette. La flamme du briquet avait un court instant éclairé son visage. Un appât. Dans la minute qui avait suivi, une flopée de gaillards était venue aux devants du gibier débusqué. La masse curieuse s'était métamorphosée en une mêlée soudainement désinhibée. Lucas n'avait pas refusé l'assaut. Sous l'étreinte des mains multipliées, les boutons de son pantalon avaient sauté un à un. Rapidement, démontrant une expertise acquise par l'expérience, des doigts épais avaient extirpé son sexe raide qu'une bouche avide s'était empressée de saisir. D'autres mains, d'autres lèvres s'étaient acharnées encore, se disputant joyeusement l'objet de la convoitise comme si un spécimen de courtoisie régissait les règles d'une bonne conduite spécifique. Sans broncher, Lucas s'était laissé faire, enivré par la rumeur grandissante et les effluves du poppers qu'il respirait à plein nez. La queue trempée et durcie à l'extrême, la tête constamment penchée sur le petit flacon d'arôme, tandis qu'on continuait à le sucer à la chaîne, il avait poussé subitement un cri grave et long accompagné de spasmes saccadés en crachant son sperme chaud au fond d'une gorge inconnue qui avait lapé la semence d'un trait. Comme si l'abondance n'avait pas suffi, la langue s'était affairée à une fouille méticuleuse de l'orifice du méat pendant que Lucas rangeait déjà son appareil. A l'écart du groupe dont il s'était peu après détaché, non sans difficultés, il s'en était allé fumer une nouvelle cigarette, seul.

Sous la semelle de sa botte, il écrasa sèchement son mégot. Partout autour de lui, la valse des garçons excités incendiait les sangs. Gonflées à bloc, les veines se tendaient. Tellement que l'imagination prétendait entendre cogner dans les poitrines. Bientôt, les sens exacerbés de Lucas s'embrasèrent entièrement. La propagation fulgurante engourdit sagesse et raison. Tout son corps flambait, ses tempes se serraient. Il inhala encore un peu de nitrite de propyle. Ce fut une explosion délirante. Un frisson électrisant le parcourut de la tête aux pieds impliquant un complet lâcher prise avec le contrôle de sa soif éperdue. Il glissa adossé le long d'un mur, tomba à genoux les mains posées sur les cuisses. La bouche offerte et les yeux clos, il avala les sexes présentés aussi aisément que de banales bouffées de tabac. N'appartenant plus qu'à son désir croissant, totalement livré, Lucas se reput de ces chairs musclées engouffrées dans son palais, qui libéraient par jets drus et successifs des foutres amers ou sucrés dont il se régala avec une envie affirmée. Les quantités ingurgitées ne parvinrent toutefois pas à circoncire l'incendie qui ravageait toujours son esprit. Les rotules meurtries par la position prolongée, il se releva lentement. D'une main volontaire, il dégrafa son ceinturon. Le cuir descendu à mi-jambe, les entrailles accueillirent les soubresauts effrénés des mecs alignés derrière lui.

Harassé, grelottant de froid et d'épuisement, Lucas négociait péniblement la sortie de sa transe libidinale, affalé sur la terre battue crasseuse. Tremblant de tous ses membres, les yeux rougis de fatigue, le teint bleui par les excès de poppers, il traversait une zone de dépression vertigineuse et particulièrement désagréable. Les paumes aplaties sur le sol en guise d'appui, il balançait la tête de haut en bas comme pour chasser les ultimes réminiscences de l'euphorie.

Pendant cet exercice, étape longue et difficile, quelqu'un s'était avancé en silence. Accroupi près de lui, Julien observait son ami en zombie ainsi défait. Lucas sourit. Aucun ne parla mais l'échange qui se perpétra entre leur regard confondu témoignait d'une tendresse accomplie à toute épreuve. Julien passa un bras autour du cou de Lucas. En lui massant délicatement la nuque, il lui effleura le front d'un baiser avant de s'enfoncer dans les cheveux décoiffés. Ses doigts surlignèrent les lèvres, les sourcils. Les deux visages se collèrent amoureusement, simulant une bulle hermétique et paisible à l'intérieur de laquelle ils s'isolèrent, tel un sas d'oxygène indispensable à l'émergence de Lucas.

Le jour commençait à poindre. Une clarté pâlichonne perçait à l'entrée des fondations. Debout – effort qui requit l'aide précieuse de Julien – Lucas remontait son pantalon poussiéreux. Ensemble, ils empruntèrent ensuite la sortie. La fraîcheur, dont les entrepôts les avaient alors à peu près protégés, les saisit sur le vif. Lucas ferma son blouson jusqu'au col tout en grimpant lourdement les cailloux du chemin. Longtemps, ils marchèrent côte à côte, les poings serrés au fond de leurs poches, luttant contre la frilosité matinale.

Quand ils arrivèrent au carrefour de l'avenue de la Source et de la rue du Jardin des Plantes, ils se séparèrent dans une accolade éreintée. Chacun regagnait son domicile propre ; Lucas aimait dormir seul après ses nuits de débauche suprême. Au bout du jardin, il aperçut le clocher de l'église Saint-Dominique.

Julien longea l'avenue. La distance qui lui restait à parcourir était plus importante. Flirtant lui aussi avec une fatigue évidente, il accéléra progressivement sa course. Rue Daudet, il tourna sur la gauche et coupa par le square en escaladant ses grilles verrouillées afin de biaiser l'itinéraire traditionnel. Il déboucha directement sur la rue Vieille qu'il traversa en trottant, la tête engoncée dans les épaules pour l'abriter au maximum du froid piquant. Au coup de klaxon strident il sursauta brusquement. Julien n'eut pas le temps de voir. Projeté à plus de dix mètres, le corps roula sur la chaussée comme un mannequin de baudruche.

Lucas s'écroula raide mort tout habillé sur son lit. A son chevet, un bol rempli de café qu'il n'avait pas eu la force de boire refroidissait. Malgré le déploiement des efforts du médecin réanimateur, Julien mourut dans l'ambulance, sous un néon agressif. On recouvrit le jeune garçon d'un drap blanc. Le chauffeur coupa la sirène, le véhicule franchit le portail de l'hôpital dans l'indifférence. Sur le registre des urgences, une infirmière rapporta l'heure d'entrée et les éléments circonstanciels transmis de l'accident.

C'était jour de marché place Saint-Dominique. Le vacarme de la criée réveilla Lucas prématurément.

# 6

Au syndicat d'initiatives de Tours, en dépit d'une aimable volonté, une demoiselle désolée se montra fort dépourvue face à la singulière demande exposée. Sans chercher à perdre Lucas dans une explication bafouillante, pas davantage à l'endormir avec un lot préparé de réponses approximatives, elle avoua franchement son incompétence à renseigner son interlocuteur. En professionnelle avertie, elle distribua une panoplie de prospectus touristiques, croyant ainsi palier au mieux à sa carence. Des cartes et des plans succincts illustraient quelques brèves informations rédigées à l'intention de visiteurs à la curiosité moins ciblée. Les dépliants reçus, censés faciliter l'orientation de Lucas, embrouillèrent au contraire les pistes. La région s'étendait considérablement et, de son sud à son nord, de son est à son ouest, des routes nombreuses se croisaient, se confondaient, divergeaient ou se chevauchaient. Chacune d'elles pouvait être ce long lacet que la caméra avait déroulé. Et de surcroît, rien ne prouvait encore que ces images en question n'avaient pas été choisies ailleurs et insérées. Car même si Lucas croyait peu en cette théorie, le doute subsistait efficacement, la conviction ne suffisait pas à l'écarter. Il empocha les imprimés, salua l'hôtesse avec une amabilité de retour et quitta le bureau dépité. Au hasard de son inspiration, il marcha préoccupé, sans but ostensible. Sur un banc public, typique de ceux des amoureux de Brassens, il se reposa pour mieux réfléchir comme s'il n'avait voulu négliger aucune énergie superflue. Cette pensée l'amusa. Elle fonctionna toutefois, probable coïncidence mais somme toute déconcertante. De sa poche, il tira précipitamment les brochures, en tourna sèchement les pages. Sur le plan le plus détaillé du centre ville, il repéra les sigles des cinémas. Si effectivement l'action du film concerné était située dans le département ou ses alentours, alors les exploitants sauraient sans doute lui indiquer la bonne direction. Du moins il y comptait et se raccrocha à cet espoir.

L'édifice somptueux, de verre et de métal, qui abritait la gare s'imposait devant lui. Le premier cinéma qu'il localisa ne se trouvait qu'à quelques encablures. Sans tarder, il s'y dirigea à grandes enjambées. Un jeune employé au maximum âgé d'une vingtaine d'années, à la chevelure blonde et au regard d'une fraîcheur naturelle, répondit par un sourire malin à la requête. En montrant sur les cartes, il expliqua avec une simplicité aussi naïve qu'évidente l'itinéraire à suivre. Quand il eut terminer d'éclairer les lanternes de Lucas, celui-ci ressentit une soudaine et brûlante envie d'embrasser le blondinet pour les renseignements précieux obtenus. L'urgence du trajet l'emportait cependant sur les excès de tendresse. Lucas le remercia dix fois sinon pas. Son cœur battait à la vitesse d'un cheval au galop, son empressement empruntait une cadence identique.

Habité par une gourmandise monstrueuse que nul n'aurait réussi à assagir, il mangea à la file les kilomètres que broyaient les roues de son automobile propulsée à vive allure. Méprisant tout risque d'indigestion de détours, d'hésitations suscitées au moindre carrefour, de ralentissements imposés par une bifurcation mal signalée ou d'accélérations en écho simultané, Lucas asseyait une nette progression vers le faubourg annoncé. A chaque virage dont l'horizon obstruait la visibilité, il s'attendait à découvrir la route sinueuse comme un chemin obligatoire vers le point final. Il cherchait ses arbres feuillus dressés sur les bas-côtés, la rivière qui serpentait tout près tel un fil d'Ariane et qui disparaissait finalement après son passage sous la départementale. Les champs cultivés ressemblaient à n'importe quel autre champ rectiligne, les prés verts laissés en friche se distinguaient peu d'une quelconque prairie de pâturages. Il ne reconnaissait rien, son accès était différent. Le compteur tournait toujours sans flancher tandis que Lucas guettait un signe particulier, un indice qui aurait conforté son avancée. Surveillant à la fois les panneaux indicateurs et le paysage qui l'entourait, il rencontra bientôt les premières constructions aux portes d'une agglomération. Il quittait la campagne. L'intensité de la circulation augmentait. Tous les cent mètres, une nouvelle intersection cassait son rythme. Lucas s'enfonçait dans cet environnement de goudron et de béton quand tout à coup, bien plus tôt que les prévisions de son imagination l'eurent envisagé, il fut frappé par la similitude du décor qui se livrait à lui. Il avait franchi l'écran.

La maison était là, d'apparence étriquée entre ses voisines, au bout d'une impasse étroite, tapie derrière une puissante armée de peupliers. Tout empêtré d'une timidité empêchante, Lucas n'osait pas approcher la dame de pierre, altière sous son chapeau d'ardoises grises d'où semblait tomber une voilette de feuillage argenté. Terré sur le trottoir opposé, il badait, admiratif et béat. A la manière d'un gamin qui découvrirait un univers inconnu et merveilleux, il se tenait là, fier et heureux. Depuis son poste d'observation improvisé, il ne se souciait plus du lien prétendu tel qui l'avait attiré à cette adresse. L'atteinte de son objectif occultait les motivations antécédentes. Ce fut comme s'il parvenait au terme d'un jeu en possession des essentielles cartes d'atout. Lucas n'ignorait pas pour autant le fer de lance de son voyage mais à cet instant il préféra se contenter de goûter à la seule et simple satisfaction de l'objet retrouvé. Juste le plaisir.

Sorti tout droit d'un conte d'épouvante extravagant, un vieux portail en fer forgé rouillé, haut et sévère, soutenu de chaque côté des battants par un pilier de briquettes rouges, reliait deux grilles d'un état similaire, scellées à un mur en dégringolade envahi de ronces en échallier anarchique. Lucas remarqua d'emblée le contraste entre l'élégance de la toiture et l'austérité de l'entrée inhospitalière. De sa position retenue inchangée, l'endroit lui parut paradoxalement aussi abandonné qu'entretenu. La façade cachée par les troncs strictement alignés ne dévoilait rien de son caractère, ni aux passants ni aux curieux. Demeuré interdit à toute avancée, Lucas se souvient alors du film, il se le rappela presque image par image. Sans nul doute, il s'agissait de la même maison mais le tournage avait enrobé la réalité du lieu. La caméra avait enregistré à l'intérieur de la clôture, au-delà de la barrière des arbres. Lucas en était assuré, il ne les avait jamais vus auparavant. Cette idée le fit tressaillir. Comment cette maison pouvait-elle lui être familière et ses accès étrangers ?

Comme dans une lutte acharnée, le crépuscule étendait peu à peu sa domination sur la luminosité naturelle. On entamait la deuxième moitié de l'après-midi, début de l'effacement progressif des énergies dépensées qui cédaient à la quiétude calfeutrée des hivers provinciaux. Déjà les premières fenêtres brillaient, éparses.

Machinalement, Lucas consulta sa montre. Des deux mains, il brassa ensuite ses cheveux. Par ce geste, il appela à la rescousse un courage absent. Il se sentait incapable de la moindre décision. La tête penchée en arrière, il contempla la métamorphose du ciel. En direct, il assistait à la flagrante défaite du jour. Une lenteur atrophiante ordonnait les éléments variables dans une simili immobilité. Tout se transformait sans hâte ; la lumière en déclin, la douceur de l'air dissipée. Cette sorte de mollesse communicative déteignit sur Lucas. Voué à une inaction quasi totale, tout juste occupé à regarder la maison qui renfermait décidément tant de mystères, il prenait son temps. Il le savourait.

Une heure passa. La nuit désormais régnait, cruelle, au grand dam d'un horaire à peine situé à la lisière d'une soirée pas encore vraiment née. La fraîcheur succédant au soleil disparu arracha Lucas à son engourdissement nerveux. Ses sens alors dispersés se regroupaient enfin. Très rapidement, ses points d'interrogation se dessinèrent à nouveau. Les quand, les comment et les pourquoi jaillirent telle une source cloîtrée et subitement libérée. Ensemble, ses membres emboîtèrent la reconstruction en cours générant instantanément une impatience dévorante. Il trépignait. Jetant les armes des freins à son envie, vaincu par l'excitation qui l'assaillait, il traversa la rue d'une démarche volontaire, comme victorieux d'une frontière renversée.

Sous ses pieds, le trottoir s'égarait, ne devenant plus qu'une grossière bordure de minuscules graviers. A chaque pas, il entendait le sol crisser. Il s'approchait assurément mais sans précipitation. Soudain, il recula de trois enjambées, un frisson lui glaça le sang, une chair de poule en éruption violente couvrit son corps. Deux énormes molosses noirs avaient surgi à la grille, babines retroussées arborant une mâchoire terrifiante. Lucas tremblait comme une eau bouillonnante, celle-là même qui ruisselait abondamment le long de son dos.

Depuis son plus jeune âge, Lucas éprouvait une panique innommable à la proximité des chiens, principalement des gros. Incapable de réaction adéquate face à la menace ou à l'agression de ces animaux, il se pétrifiait littéralement d'horreur. Souvent, il avait cherché l'origine de ses angoisses tétanisantes mais jamais aucune réponse efficace ne l'avait révélée. Très vaguement, le souvenir assez flou d'un vilain loulou blanc le poursuivant avec hargne tentait d'expliquer sa phobie, sans réelle certitude. Et sur-le-champ, Lucas se moquait volontiers de comprendre. Il était effrayé, inapte à toute maîtrise de sa paralysie.

Les dogues ne cessaient d'aboyer, hissés sur leurs pattes postérieures, celles de devant contre le portail. N'entendant que les grognements hostiles, ne voyant que ces rangées de dents acérées, Lucas rebroussa davantage chemin pour reprendre sa place initiale de l'autre côté de la rue. La distance ainsi restaurée eut pour effet de calmer légèrement les ennemis potentiels qui continuaient à hurler en tournant sur eux-mêmes, prêts à bondir à toute nouvelle incartade du visiteur apeuré.

Lucas se sentait au bord de l'échec, attristé. Les yeux rivés sur les monstres canidés qui barraient son projet, il envisagea de remettre en question sa suite. Sauf que la passion animatrice l'obnubilait bien trop pour attenter à son dessein. La témérité ne lui suffirait pas à dépasser sa terreur des crocs aux aguets, il devrait recourir à l'audace. Et en même temps qu'il négociait déjà avec ce sentiment étranger, il se relatait l'ensemble des faits précis qui l'avaient conduit jusqu'ici. Du bouleversement cinématographique à la conviction entêtée de son attachement obscur à la maison qui trônait là, en passant par les différentes pièces du puzzle reconstitué pour la retrouver, toutes les étapes fastidieusement franchies se succédèrent comme une série de diapositives projetées sur les surfaces réceptives de sa mémoire. Mais qu'advenait-il de ce mur décrépit, de ces grilles férocement gardées et des peupliers ancestraux que la caméra avait précautionneusement évités, et qui dans la foulée balayaient l'assurance qui l'avait guidé. Alors, sa foi ancrée en ce prétendu passé oublié ou perdu s'effritait le lâchant au point culminant de son aventure. L'image inscrite par et dans l'objectif se troublait. L'esprit de Lucas également. Une confusion tressée de toutes sortes de nœuds s'instaura avec force.

Toutefois Lucas n'exprima nullement le souhait de baisser les bras. Quitte à oser le risque d'une déception sans précédent, il se résolut à atteindre le but fixé, coûte que coûte. Quelle fut celle-ci ou non, cette maison se démasquerait, avouerait son implication dans la vie de Lucas ou le renverrait à ses manuels d'histoire, aux diverses adresses qui figuraient probablement sur le livret de famille. Répondant au nom du Chevalier Bayard ou de Jeanne d'Arc, comprimé dans une armure fantastique, il s'élança à la conquête de la bâtisse, sa bastide.

Restaient les chiens ! La cotte de maille imaginaire n'y pourrait rien. Leur affront ou leur contournement s'annonçait inévitable. Sentant le héros malheureux affublé d'un haubert de pacotille, les molosses bondirent avec la même vélocité tandis qu'une semblable panique saisissait Lucas. Mais, se surprenant lui-même, il ne s'éloigna pas, demeurant quelques minutes sans bouger. La gent canine redoubla d'agressivité visiblement excitée par l'insolence téméraire de l'intrus. Leur acharnement à cogner le portail faisait vibrer les gonds. A cet instant, subitement renforcé d'un courage inattendu, bravant l'éventuel danger, Lucas s'avança un peu plus de l'entrée. Il s'attendit à déclencher logiquement une tempête de hurlements sauvages. A l'inverse de quoi, il assista stupéfait, assis, à un changement radical d'humeur des cerbères que n'importe qui aurait alors qualifiés de doux agnelets. Les chiens baissaient la tête et courbaient l'échine dans des gémissements presque attendrissants. On leur aurait tendu une main qu'ils l'auraient peut-être léchée. Lucas ne poussa pas l'expérience à cet extrême. Il essaya un pas supplémentaire, puis un autre. Sur le pilier à sa droite, il pressa la sonnette. En dessous, gravées dans la brique, il lut les initiales C.S. Les dogues se turent.

# 7

En fait, les peupliers se serraient moins près de la maison qu'il n'y parut. L'observation exercée depuis les grilles offrait une perspective nettement plus fiable. L'aspect inquiétant de la propriété s'effaçait même au profit d'extérieurs négligés mais dont on percevait aisément que l'agencement avait été induit par un tantinet de coquetterie originelle.

Coquet mais notoirement livré à une pagaille servile. L'épreuve du temps avait irrémédiablement laissé sa trace sur ces abords qu'une époque antérieure avait manifestement soignés.

Une allée centrale sablonneuse et mal désherbée, bordée d'indisciplinées végétations persistantes, se divisait autour d'un parterre sec et défraîchi mais que les saisons propices fleurissaient probablement encore. Une pelouse sauvagement haute, éventrée de trous de taupes, s'étendait de part et d'autre des buissons émancipés. Au milieu de ces tapis d'herbes, un salon de jardin en vrac dont une chaise était renversée rouillait au vent et à la pluie. Dans un coin, une brouette de feuilles mortes pourrissantes provenant vraisemblablement des trois immenses tilleuls et du mûrier plantés sur le terrain, traînait à côté d'un tas de bois grossièrement organisé.

Souligné par deux vasques se style romain posées à sa base, surplombé d'une laide verrière cossue, un large escalier dénué de rampe, collé à la maison, montait vers l'entrée principale. Une importante ramification de fêlures courrait partout sur les six marches. La porte imposante sculptée de motifs abstraits, dégageait une force de colosse par sa structure en chêne massif. A sa gauche comme à sa droite, le rez-de-chaussée comptait trois fenêtres, toutes aux volets fermés, tandis que le premier étage en dénombrait sept, closes elles aussi. La façade dénotait une touche religieuse par son austérité affichée.

Tenus sagement couchés, les chiens ne bronchaient toujours pas malgré l'indiscrétion accrue de leur hôte. En effet, Lucas ne retenait d'aucune façon son intrusion visuelle, scrutant attentivement l'image exposée, n'en perdant pas le plus infime détail. Ses yeux écarquillés photographiaient chaque facette avec une précision infinie avant de les juxtaposer aux réminiscences omniprésentes, menant ainsi une investigation poussée. Il opérait une sorte de décryptage passionnel. Un véritable travail forcené de fouilles et de collages se mettait en branle et stimulait une étonnante matrice élaborée à partir de souvenirs et de faits. Mais l'arrangement conçu se déréglait perpétuellement, les éléments se coordonnant mal en l'absence de quelconque évidence. Leur similitude d'avec les a priori de Lucas échappait au processus escompté. Ce désordre éloquent ne conduit cependant pas le jeune homme à battre en retraite. Sa ténacité l'invitait à persévérer dans sa curiosité. Son intuition acerbe l'y encourageait également.

A l'angle de la maison, un sentier en courbe étroite permettait à qui l'empruntait d'accéder aux prémices d'un parc. Par-là, on passait devant un dégorgeoir pittoresque, embouti d'un pommeau arrondi, qui sortait du mur latéral, penché au-dessus d'un petit réservoir en pierre brute, bouché par de la terre et des gravats amoncelés.

Superbement vaste, avouant une profondeur insoupçonnée, à l'issue du sinueux couloir, le parc ouvrait largement ses bras. C'était donc de ce côté-là de la propriété que la vie siégeait. Ici, tout ce que l'œil pouvait surprendre tranchait avec la peinture morne de la précédente approche. Un doux enchanteur y aurait entendu rire des enfants, vu voler des oiseaux et senti des lilas au parfum suave si la réalité de l'hiver n'avait pas joué les trouble-fête. Le semblable rêveur impénitent, en se promenant dans le verger, aurait goûté à des fruits lourds, gorgés de sirops sucrés si la réalité de l'hiver… Mais au diable cet empêcheur d'été ! Merlin se moquait bien de la saison s'il recevait autant de charme en cadeau. Une communion naturelle réunissait des essences vives grouillantes et les sens accordés à la positivité de la note naïve.

Il y avait effectivement un verger, magnifique, au fond du domaine. Promis au plaisir des senteurs et des couleurs, à la gourmandise des galbes charnus pendant aux branches comme des offrandes généreuses, il avait été arrangé en patchwork fantasque. On devinait sans peine l'aquarelle affriolante de teintes harmonieuses que croquait le printemps lorsqu'il habillait ce voisinage de pommiers blancs, de poiriers droits, d'abricotiers émoustillants et de cerisiers odorants. Et quand, pareil à ce soir, la nature semblait ne montrer qu'un tableau désolant de branchages nus exposés au froid, sans doute un mignon rouge-gorge sautillait volontiers entre les arbres fruitiers imitant une danse de la joie en reconnaissance à cette élégance suprême.

La vision idyllique de la sorte dépeinte traduisait

la clarté grandiose du parc ainsi que le délicat mariage des parties boisées, des ornements de broderies à fleurir tissés au hasard, identiques à des pigments étalés avec l'attrait sauvageon de l'ensemble, libre comme le vent qui commençait à fouetter les joues de Lucas s'enracinant au portail, tel un pauvre hère oublié.

Un perron rehaussé d'une rambarde à colonnes délimitant son périmètre occupait toute la largeur de la maison et accueillait cinq portes-fenêtres bardées de persiennes bleues. Celles-ci étaient ouvertes, buvant la lumière, l'aspirant d'un trait continu et régulier. Sur la terrasse, des plantes en pots étoffaient la pierre blanche. Abritées là, orientées plein sud, elles profitaient pleinement du soleil, qu'il fut plus ou moins gracieux selon la période de l'année. Sans fournir de prétexte fondé à un vulgaire tape-à-l'œil en vogue dans les jardins privés, cet agrément de plein pied conférait un confort irréfutable à son usage. Des précoces douceurs aux inclinaisons automnales, on y prenait une collation, on y dînait joliment aux chandelles, on s'y reposait aussi bien pour lire que pour rédiger une correspondance. Mille arguments propices à ce refuge tranquille impliquaient le triomphe de sa séduction.

Et simplement comme ça, pendant des heures, sans lassitude survenue, les émerveillements croisaient pupilles et papilles à chaque arpent dérobé. Certes, loin des fantaisies extraordinaires de monsieur Trenet ou des îles, pays joyeux des enfants heureux de la télévision, on ne pouvait nier la magnificence des fards disposés pour un pareil dessin. Certainement, elle fut imputable à la révélation progressive qui s'imposait au fil de la balade. Car désormais, bien moins qu'au film, l'endroit ressemblait davantage au souvenir enfoui. Ses fondements ne s'inscrivaient pas encore très lisiblement mais, sûrement, une esquisse se tramait, si peu perceptible. L'évolution frappait indubitablement en dépit de son confinement dans un flou borné. D'où cet excès de beauté perçue, d'idéal fécond. De l'accent aigu à sa forme aggravée, une franche ponctuation relevait l'épice d'un buisson d'arbustes, d'un carré de jonquilles, d'un pied de rosier ou d'un banc de granit tapissé de mousse. Ce décor de carte postale enjolivé correspondait si justement à un rêve édulcoré que le fantasme atteint se pliait aux exigences de son concepteur en élaguant les écueils de l'imperfection. Lucas incarnait l'utopiste encenseur, critique outrancier d'une toile inespérée mais que la nuit maintenait cependant encore sous le voile épais de son obscurité, et dont son avide public restait retenu au portail verrouillé et gardé. Enfin, les chiens dressèrent les oreilles.

# 8

Cousu d'amertume et de rancœur, flanqué d'un fichu caractère qui lui valait son isolement, depuis plus de soixante ans, Charles râlait.

Le mécanisme de la cloche électrique s'enclenchait pour la seconde fois, risquant d'éveiller l'irascibilité du vieil homme.

Des mains flétries repoussèrent les draps, découvrant une nudité froissée. Péniblement, il extirpa les chairs ramollies de ses jambes maigres. Assis en équilibre au bord du lit, il enfonça ses pieds enlaidis d'ongles noircis dans des pantoufles de laine. Il s'avisa de l'heure et maugréa, semblable à un ours dérangé avant la fin de son hibernation. A pas lourds et mal assurés, Charles avança jusqu'à la cheminée de sa chambre. Dans le miroir qui la coiffait, il réajusta sa natte de longs cheveux blancs. Le serpent tatoué sur sa poitrine dardait une langue fourchue à son propre reflet. Suivant le cours des formes, les anneaux du reptile s'affaissaient avec la fonte des muscles, obéissant à une jeunesse définitivement enfuie. Témoin quotidien de ce physique en cavale, Charles ne remarquait plus les sévices du temps. Au grand dam de ce corps effondré, rongé par une maladie sournoise, il coinça entre ses lèvres un cigare de la taille d'un index et s'enroula dans une espèce de châle mité.

Lucas s'apprêtait à appuyer de nouveau sur la sonnette quand il aperçut un rai de lumière s'échapper de la maison. Ensemble, les dogues se mirent sur leurs quatre pattes, en remuant fièrement la queue. Au loin, un faisceau lumineux se détacha. En se balançant, il déchirait la nuit dans la direction du sonneur imprévu.

Une demi-lune arrogante jetait des ombres sur le jardin et en faussait son relief. Cahin-caha, Charles déambulait prudemment. Le faible rayonnement de sa lampe torche le prévenait au mieux des creux et des bosses à venir, mais des aspérités non révélées faisaient cependant obstacle à une démarche moins hésitante. Le sol humide trempait ses chaussons et glaçait ses orteils. Petit à petit, il se sentit habité de menus frissons qui picotaient tous ses membres. Agacé par la brutalité de la circonstance, le vieillard lança un juron au ciel, amplifié par le silence maître. Le blasphème arriva jusqu'au oreilles de Lucas qui se demanda alors quelle sorte d'ogre vivait là, retranché derrières ces grilles repoussantes et ces impressionnants molosses.

Les titres du clan Sordec, richissime famille à un siècle révolu, avaient eu la fâcheuse habitude de se transmettre de père en fils, de fils en frère, de frère en sœur ou de mère en fille sans qu'ils ne fussent réellement profitables à aucun puisque la mort prématurée les avait empêchés d'en jouir correctement avant de les céder à leur tour. Car on mourrait beaucoup chez les Sordec, et de toutes les manières. Un bon nombre de femmes, toutes générations confondues, étaient décédées en couche comme pour perpétuer la tradition. Dans le cas où ce furent ces mères qui avaient détenu les biens, l'héritage était revenu à l'aîné, garçon ou fille, par donation prévue, qui parfois s'était avéré être le nouveau-né en question quand il n'avait pas succombé lui-même à l'accouchement. Mais dans l'inventaire des disparitions violentes des Sordec, les descendants avaient eu vent d'accidents de chasse malencontreux, de suicides d'adolescents, de chutes de cheval impardonnables, de tuberculoses répétées. On racontait même, telle une anecdote malheureuse, l'étouffement provoqué par un osselet de poulet chez une ancêtre répondant à l'improbable prénom de Marianne-Gertrudine. Un journaliste narquois de l'époque avait écrit pour relater le fait divers qu'il existait donc des volatiles doués de pitié. Mais en deçà de toutes ces morts à répétition, la famille avait aussi, sinon surtout, connu un lot conséquent d'assassinats parricides et fratricides. Alors, évidemment, on était mort quelquefois en prison, riche. Tout naturellement, chacun ayant plus ou moins mordu dans le gâteau entre deux successions, l'état s'étant aux passages octroyé une magistrale part, la fortune maudite s'en était réduite au petit four sensiblement ranci. Il appartenait aujourd'hui à Charles Sordec sous la forme de cette maison et du terrain qui l'entourait. Lorsque le vieil homme officiait de narrateur à cette rocambolesque épopée familiale, il se qualifiait de résistant. Fils unique, célibataire dans l'âme et sur le papier, c'était lui, l'ogre qui jurait, l'ultime descendant officiel. Et encore vivant.

Lucas voyait maintenant son hôte s'approcher, curieusement accoutré d'une couverture, un cigare éteint pendant au coin de la bouche. Charles rappela ses chiens.

La lampe braquée sur Lucas le déshabillait entièrement. D'un lent mouvement de bras oscillant, Charles balayait la silhouette de haut en bas. Encore quelques pas et seuls les barreaux du portail allaient séparer les deux hommes. A cet instant, la lumière éclaira complètement le visage ébloui du plus jeune. Dépassant l'imagination, l'effet de surprise emballa le sang de Charles. Un cri d'effroi, tant qu'incontrôlé qu'incontrôlable, rompit une nouvelle fois le silence. Etourdi, Charles Sordec haletait, tremblait. Subitement, le temps s'était figé, voire inversé. Son interruption ou sa remontée parut durer une éternité. D'infinies minutes pendant lesquelles Charles fixait les traits suspendus au rayon lumineux. Finalement, il engagea une clef dans la serrure et invita Lucas à entrer. Ce dernier, s'excusant sottement, ne comprenant plus rien à cette extravagance de l'histoire en marche mais jugeant opportun de se taire tant que son avis n'était pas requis, s'exécuta, docile comme les braves toutous qui s'affairèrent aussitôt à le renifler sous toutes les coutures. Vis à vis des frétillantes babines baveuses qui le flairaient de trop près, tout autant de cet étonnant bonhomme bizarrement enveloppé, Lucas n'en menait pas vraiment large.

Dans une cuisine sommaire, ils s'installèrent l'un en face de l'autre sur des tabourets en paille. Charles avait sorti deux verres et une bouteille de rhum aromatisé par ses soins qu'il posa au centre de la table. Lucas alluma une cigarette puis tendit sa flamme en direction du cigare du vieillard.

Accroché au-dessus d'un vaisselier ancien, une horloge ornée de ridicules fanfreluches assenait un tic-tac lancinant tandis qu'une pierre d'évier élimée accusait les coups d'un goutte-à-goutte qui fuyait du robinet de cuivre. A défaut d'un vol de mouches, on entendait les secondes s'égrainer. Une impression d'attentisme proche de l'interdiction réciproque flottait dans la pièce.

Tel un papillon armé d'un zèle trop prononcé pour ne rien avoir à dissimuler, le regard de Lucas se hasardait d'un objet à l'autre, dansait sur un mur, revenait vers la table, se posait sur le sol avant de repartir à l'assaut de quelque endroit à l'intérêt seulement prétendu. Comme un pourvoi désespéré afin de retarder la sentence du premier véritable échange, l'insecte de camouflage devenu cherchait visiblement à éviter Charles. Si près du but, dans cette maison si désirée, ampoule attirante du papillon, le manque de confiance en lui trahissait ses élans d'énergie. Il ne connaissait plus de mots, ou sans justesse et sans sincérité. Du moins le croyait-il. Ses motivations réelles lui semblaient atrophiées et désuètes. Le mensonge lui parut un recours en forme de secours. Mais mentir pour raconter quoi ? Son récit ne s'inventait pas, aussi pittoresque fut-il. L'échappatoire un instant entrevu se terminait incontestablement en impasse. Lucas n'avait aucun souvenir d'une position plus ridicule, aussi gênante. Ou alors il y avait si longtemps ! Probablement il y avait eu, mais que lui importait, là, à la minute précise. Jusqu'à quand le mince bâton de cendres collé à ses lèvres allait-il tenir en équilibre ? La chute serait fatale, sinon une fatalité.

Charles ne disait rien non plus bien que son silence se situât à l'extrémité du mutisme maladroit et embarrassé de son convive. Tirant à grosses bouffées sur son barreau de chaise, ému et amusé, avec autant de chacun des sentiments dans la balance, il regardait tout simplement Lucas se débattre avec sa timidité malhabile et engluante. Une parole, un geste seulement et le malaise eut été dissipé. Peut-être, ou ravivé. Et Charles ne souhaitait en être l'investigateur à aucun prix. D'une part, parce qu'il ne voulait pas aggraver l'empêtrement du jeune homme, mais également, voire surtout, pour prolonger son plaisir à observer ses traits, ses cheveux intensément noirs, ses yeux si expressifs qu'on lisait dans leur eau comme dans un livre ouvert. Le portrait était identique, fidèle. Inespéré et attendu. Un jour. Aujourd'hui.

Et comme il est bien su que tout vient à point à qui sait attendre, par le poids de l'excès de l'infinitif, la cendre s'écrasa -enfin- sur le bois de la table.

# DEUXIEME PARTIE

# 9

Dansant et gesticulant avec une grâce infinie, balancées au bout de fils invisibles, des marionnettes resplendissantes dans leurs habits de velours brodés d'or et de soie auréolaient leur manipulatrice de l'admiration d'un public nombreux. L'indice de satisfaction éprouvé devant le spectacle artisanal se mesurait aisément au tintement des piécettes qui tombaient sans discontinuer au fond d'un large chapeau bariolé et posé à l'envers, autour duquel le ballet des personnages de bois se déployait. Des multiples attractions proposées, ou imposées selon l'attrait que chacun y portait, ce petit théâtre se détachait de manière incontestable du lot en recueillant l'enthousiasme le plus ostensible. Son succès était franchement justifié, il suffisait simplement d'y avoir assisté juste une fois pour s'en convaincre. Joachim le savait tant qu'il comptait parmi ses plus fervents spectateurs, adepte fidèle, fondu dans la masse des touristes curieusement toujours pressés, davantage avides d'emplettes souvent que de charme naïf, l'œil essentiellement et dérisoirement rivé sur la pointe d'un parapluie tenu en l'air, tel un phallus dominant, protecteur et rassurant. Pris d'affection pour ces poupées futées et sans toupet, chaque dimanche que le soleil honorait de sa présence, comme un rite construit, Joachim venait s'asseoir sur le muret du pont après une courte sieste. Lui qui depuis si longtemps avait manifesté sa hargne en dénigrant la quantité effroyable de saltimbanques en tous genres et autres vendeurs à la sauvette qui dénaturaient l'aspect brut et originel du Pont Charles, il acceptait de bafouer ses principes et d'affronter son déplaisir en tâchant de ne manquer à son rendez-vous le moins possible. Cependant, afin de servir de modèle à ses valeurs, pour rester en accord avec ses idées opposées à cette foire gigantesque et laide, il ne cédait jamais la moindre couronne. En revanche, il gratifiait volontiers la vieille créatrice de l'enchantement d'un sommaire bouquet de fleurs, d'une brioche au pavot ou d'un pain d'épices décoré de sucre multicolore.

Ce dimanche-ci ne ressemblait pas aux précédents. Joachim avait chamboulé son programme, un peu comme s'il avait perdu ses repères avec cette fracture de ses habitudes. Il était arrivé tôt sur le pont, dans l'intervalle encore raisonnable du déjeuner, une saucisse chaude à la main, rasé de près, embaumant la violette à la ronde. Brièvement, aussi discrètement qu'il le pût, il salua la vieille Olga. Il regarda sa place sur le mur, hésita un instant, puis préféra, ce jour-là, s'asseoir le cul par terre, tout près, infiniment près de la troupe des personnages désarticulés. Quand une marionnette de manière inattendue, s'approcha et lui tendit le dessus de la main. Joachim se courba et attrapa ce petit membre du bout de l'index. Délicatement, en susurrant un *Mes hommages Madame*, il posa ses lèvres sur la menotte. Non, ce dimanche-ci ne ressemblait pas aux précédents, les jours qui allaient suivre non plus. Même le ciel s'impliqua dans la métamorphose en se calfeutrant derrière un voile de tulle blanc.

L'après-midi entière se déroula empreinte de murmures, livrée à de mystérieux secrets, peut-être mêlés de déclarations d'amour cristallines et d'invraisemblances crues. Comme dans une cour de récréation à l'heure convenue, un groupuscule d'enfants chuchotant quelques messes basses. Pour cadencer le doux échange, la mélodie d'un violon répondit au son d'une guitare tzigane. Des marionnettes ou de Joachim, qui devenait le public de l'autre ? Il s'agissait d'une sorte de féerie moderne, la page d'un conte révélée, un moment unique. Un privilège. La magie de la scène parvenait, pour qui savait l'apprécier, à étouffer le brouhaha des promeneurs aveugles, dépourvus d'initiation poétique, d'instinct surnaturel, et en conséquence privés de l'émotion offerte. Et, tout autour, ce parfum de violette dont on pardonnait sans condition l'excès. Soudain, plus participatif, le ciel se joignit à cette communion improvisée en répandant des poussières d'étoffe en joyeux flocons.

En quelques minutes à peine, une transformation charmante redessina le Pont Charles. Des éclats de rire de gamins étonnés, ébahis et émerveillés, s'imposèrent sur le lassant vacarme de la pitoyable foire, installant à son endroit une pittoresque gaudriole inoffensive. On replia à la hâte la plupart des stands de fortune. Dans des sacs ou des valises, on enferma les objets d'artisanat, les invendus du jour au goût parfois douteux, de fabrication uniforme, sans unicité, établie en série trop illimitée. En troupeaux surpris et désemparés, des hordes d'allemands, d'anglais, de français, d'italiens, d'autrichiens ou d'américains se précipitèrent autour du parapluie de ralliement, ouvert pour la circonstance, parmi tant d'autres emportés par précaution, si bien qu'une pagaille amusante s'instaura sous un orage d'appels émis dans une langue internationale.

Les réverbères crachaient leurs premiers feux. En traversant le halo ainsi provoqué, la neige s'argenta. En une couronne brillante, elle s'accrocha progressivement sur la tête des statues noires alignées de part et d'autre du pont comme des témoins à perpétuité de l'histoire, des histoires. Les boucles brunes de Joachim, blanchies par cette poudre de ciel, semblaient fardées d'apparats artificiels en harmonie avec les costumes extravagants des marionnettes.

A son tour, Olga s'affaira au rangement de son petit théâtre. D'abord, elle démonta le décor de bois et de papier. Sans précipitation, avec des gestes soignés, elle glissa chaque accessoire, l'un après l'autre, dans des boîtes prévues à cet effet. A l'intérieur d'une malle montée sur roulettes, elle empila les divers étuis puis les recouvrit d'une fine couverture dont de larges bords dépassaient du coffre. Ensuite, elle saisit la première marionnette, décrocha les fils des bras, des jambes, de la tête enfin, et la coucha sur le tissu. Pour les deuxième et troisième personnages, elle renouvela l'opération dans ce même ordre précis, avec sa minutie persévérante. Ne restait plus que la quatrième, sur le pavé glacé et mouillé, face à Joachim qui la regardait avec une tendresse admirative. Olga s'approcha d'eux, ramassa la poupée. Sans lui ôter les fils, en lui laissant la vie, elle l'emballa dans un carré de velours. En silence, sans doute parce qu'elle avait déjà compris, elle tendit le présent à Joachim. La malle était fermée.

Les chutes de neige avaient forci, il se dégageait du Pont Charles une atmosphère rare. L'authenticité recouvrait sa place comme un domaine perdu et conquis à nouveau. Joachim accepta la marionnette. Il l'appuya contre sa poitrine et serra fort. De ses yeux fermés, une larme vigoureuse s'échappa jusqu'aux commissures des lèvres. Le cœur écorché, cognant à la volée, reçut le sel de l'émotion intacte. Lorsque que le jeune homme rouvrit les paupières, Olga avait disparu. Le parfum de violette aussi.

Semblable à une photographie extraite d'une carte postale de collection, le pont affichait désormais son profil le meilleur, énigmatique, inquiétant et délicieux en prime. Il révélait cette image, qu'aucun livre d'art ne saurait jamais reproduire sans flirter avec la trahison de la perfection, troublante d'immobilisme comme si les siècles passés n'avaient eu aucune emprise sur le monument, et si vivante à la fois, si actuelle.

Joachim y était seul, enclin à l'envoûtement invité par cette suspension du temps comparable à un phénomène de trou d'air, extraordinairement unique, n'appartenant plus à aucune chronologie, insoumis à toute règle, sans régisseur naturel agissant sur les suites logiques, celles de l'avant et de l'après. A son insu, avec un plaisir incommensurable, il se sentit progressivement grandir, atteindre un devenir franchissant les portées classiques. Emporté par ce tourbillon d'envolée fantastique, l'imaginaire de Joachim s'empara du lieu. Frappé d'un désir avide de re-création éphémère de l'univers offert, sous l'effet paradoxal d'un inconscient palpable, tel un conteur incorrigiblement loufoque, il installa une ambiance surréaliste à sa mesure. Les statues les plus proches se transformèrent en silhouettes tandis que celles plus éloignées prirent des allures d'ombres fugaces. Chacune d'elles représentait Olga s'en allant, un peu comme s'il avait voulu rattraper son départ arraché, comme si d'un facile coup de manivelle, Joachim pouvait actionner ou stopper ce mécanisme rotatif. Et aussitôt que les statues se mettaient en marche, reflets subreptices de la vieille femme, la musique de l'accordéon disparu revenait en douce accompagner le bal des rois de pierre animés. Joachim jubilait. Sa mise en scène le transportait. Il se pencha sur sa marionnette. Elle aussi voulait danser. Alors, parachevant son allégorie, il cala sa compagne au creux de son bras gauche, et tous les deux s'élancèrent avec la même pulsion frivole dans une valse virevoltante, rigolote et touchante. Soulevant la pellicule de neige, ils dansèrent jusqu'au souffle coupé, jusqu'au froid supportable.

Lorsque sonna l'heure du sage repli, au-delà de l'amorce de l'inclinaison du jour. Laissant des traces de pas dans le frais tapis blanc qui recouvrait les trottoirs, empreintes d'une assurance-vie fragile sur un cœur qui bat plus fort, Joachim rentrait.

A son domicile, sous un crépuscule moribond en proie à une nuit solide, Joachim grilla une allumette à l'intention d'un candélabre chaussé de bougies rouges. Du foulard qui l'enveloppait, il sortit le cadeau d'Olga et lui offrit une nouvelle vie. Assise derrière le chandelier à cinq branches, le visage intrépide de la marionnette s'anima, caressé par les ombres volages que diffusait le bouquet des petites flammes éparses. Joachim ne connaissait pas le nom de la demoiselle. Au nom d'un vœu cher et promis à lui-même, il abandonna l'idée de lui en trouver un, rejetant l'éventualité de la débaptiser.

Il avait froid. Joachim se débarrassa prestement de ses vêtements mouillés puis demeura nu contre le radiateur. Il éternua, recommença, provoquant alors le vacillement de la lueur des bougies. A travers ce mouvement d'oscillation, par réflexion symbolique, il se vit chanceler. Le télégramme dont il connaissait les termes par cœur depuis un si grand nombre d'années sans même savoir si en surviendrait l'échéance, s'il l'espérait ou s'il la redoutait, était arrivé la veille. Il avait choisi de s'en économiser la lecture. Envahi d'une déroute croissante depuis, ne discernant plus, là maintenant, de la peur ou du froid ce qui le faisait trembler, il alla faire couler un bain. Il pressentait, dans les deux cas, l'urgence du parfum à la violette.

## 10

Trente ans plus tôt, sur des registres officiels, Joachim avait été déclaré d'une mère inconnue et d'un père au titre revendiqué. Depuis ce subterfuge initial, il n'avait eu d'alternative que celle de téter au biberon des fausses vérités dans une clandestinité légale. Sans que nul mensonge ne lui ait jamais été vilement affirmé, il avait grandi en protagoniste d'un scénario singulier, adapté pour adopté, de ceux dont il convient de préciser qu'ils sont tirés d'une histoire vraie.

Et, comme si une falsification pouvait en induire d'autres, Joachim avait réussi, à force de décalages additionnés, à se persuader également de s'être trompé d'époque.

Prague, fin de siècle. Choix de lieu de vie. De cette et à sa manière, Joachim se targuait de parvenir à contourner le cours du temps, immuable pourtant. Il lisait ici la même heure qu'à Paris ou à Rome, y déclinait un semblable calendrier. Cependant, dans sa conception fantasque, parce qu'il comparait cette ville à une vieille horloge à l'inestimable valeur incontestée mais qui retardait quotidiennement avec une régularité presque imperceptible, les minutes prétendues égarées depuis des lustres se comptaient en années accumulées. La réalité régulait sans doute le fantasme, mais de quel sens s'investissait le mot réalité dans cet esprit aux contours imperturbablement préparés et fabriqués ? Que des artifices bancals probablement, assemblés de telle sorte qu'ils s'équilibrent au mieux. Un artefact.

Bon gré mal gré, les trucages avaient prospéré. Joachim connaissait avec une parfaite exactitude son histoire et ses origines. A celles-ci, il avait appris très jeune à coller un récit différent, plus fidèle à son existence. Naturellement, l'enfant s'était exécuté à cette superposition facile par sa version obligée ressemblante. La teneur essentielle de la tâche consistait en un travail de calquage précis qui lui apparaissait alors évident. Néanmoins, la confrontation des deux angles de vie le chahutait parfois dans une spirale de perplexité. Dans ces périodes de doute, il inondait son père de questions récurrentes, avalanche de *pourquoi...*, de *mais si alors...*, de *puisque...*. Ce dernier, plongé dans un embarras inextricable en l'absence de réponse, avait opté pour une méthode simpliste dans laquelle il s'était réfugié à long terme. Par là, il avait essayé de s'assurer du ménagement maximal de la fraîche ouverture à l'éveil des choses qui préoccupait alors son fils. Si bien qu'en accord avec les leçons retirées de ses interrogations, Joachim, alors à peine plus haut qu'un tabouret, avait assimilé son détournement d'identité à un jeu, respectueux de la thèse présentée.

Les années passant, quand il comprit le fondé, bien ou mal, de la dérobade, et au-delà ensuite, il ne cessa plus son amusement. Une dépendance perfide à cette dangereuse distraction déchira le collage soigné pour revêtir une tournure pernicieuse. Joachim repoussa les limites du cadre de la stratégie élémentaire. Il s'inventa autrement, balayant les frontières d'avec la fiction, rapprochant ses désirs du réel. Dépourvu de la moindre maîtrise de sagesse en la matière, il se délecta de ses simulations qui ne soulevaient aucune suspicion. Comme un kaléidoscope aux facettes insaisissables, il se façonnait un environnement plausible et vérifiable mais dont chaque élément relevait de sa libre adaptation pour une mise en scène en trompe-l'œil. Styliste, il créait plusieurs esquisses d'un modèle unique. Il décidait, et il était.

Les supercheries échafaudées avaient surmonté les traversées périlleuses de l'enfance et de l'adolescence pour atteindre, intactes, l'âge adulte. Enrôlé volontaire derrière ses masques peints à l'humeur, Joachim se nourrissait d'atours superficiels, parvenu au besoin psychique de ses chimères. Il se transposait, piochant inéluctablement dans une inépuisable palette d'enrobés. Par là, il guidait seul l'embarcation de sa destinée comme une chevauchée épique, dissimulant l'une sous l'autre, et l'inverse. Parce qu'on lui en avait fait son berceau, qu'il n'envisageait pas sa place ailleurs et que l'astérisque le séduisait, Joachim n'avait fait qu'agrandir la marge où on l'avait inscrit jusqu'à réduire quasiment au néant le texte vrai. Il aimait cette position de renvoi, à peine un complément d'information devenu un soi à part entière.

Avec sa foi en étrier et ses fois en arguments, par essentielle profession de chacune, Joachim distillait des contes improvisés. Symboles autobiographiques ; il était une fois, sa foi. Bardé de légendes mythiques avec toute une ménagerie de fées bienfaisantes, de sorcières maléfiques, de lutins malins, d'ogres monstrueux, de nymphes débonnaires, de licornes, de sirènes et de centaures, il parcourrait les classes d'écoliers. Mêlant les deux langues, le tchèque et le français, à une gestuelle d'envergure, sorte de danse désarticulée, en arabesques il répandait des récits abracadabrants comme une poudre scintillante qui faisaient briller les yeux des têtes blondes. Il était une fois une maison de sucre, il était une fois un château hanté, il était une fois une princesse aux cheveux bleus, il était une fois des perles d'étoiles au goût de miel. Sur des estrades dépouillées, tournant le dos aux tableaux noirs, il joignait le mime à la parole. Il avait cinq ans, cent ans. Il s'oubliait, il riait. Ses bras étaient des nageoires : il devenait poisson, des griffes sortaient de ses doigts : voilà le diable, ses jambes se raidissaient : Joachim se changeait en cigogne quand tous les mômes croyaient qu'il allait s'envoler. La magie s'accomplissait en une implosion de joie finale semblable à un feu d'artifice de mots et de mouvements. Alors, le silence régnait comme une paix inénarrable dans l'immensité des regards émerveillés des enfants absorbés. Par ricochet du plaisir transmis, Joachim exultait. Il puisait sa bonne humeur et son essence nécessaire dans ces facéties farfelues. Chaque conte éphémère lui apportait les ailes indispensables au rebondissement vers le suivant, comme un tremplin. Il s'en nourrissait, s'en habillait et les habitait. Si bien que le soir venu, après l'école, quand l'auditoire lui manquait autant qu'un membre arraché, fuyant une désolation aux aguets, il promenait ses farfadets en fantômes de compagnie jusque dans ses activités personnelles et domestiques. Son entourage le considérait à la limite de la folie, pour le moins dérangé ostensiblement. Il ne cachait rien de l'attachement fusionnel qu'il portait à ses personnages difformes ce qui forçait à lui attribuer une compassion touchante et amusée semblable à une vertu. Mais quand la corrélation de cet aspect particulier de son caractère et les schémas de sa prétendue vie dont il s'affranchissait atteignait son paroxysme, tous s'accordaient au dépassement excessif des bornes raisonnables. Mais la sagesse ne figurait pas au programme de Joachim, même au prix de la solitude qui en résultait. Sans doute, en flirtant inexorablement avec ces extrémités tendant plus ou moins vers l'infini, en appelant à ses lutins ou ses sirènes pour ne pas s'étreindre seul, Joachim caressait à pleines mains la cynique parabole du chat se mordant la queue.

De minuscules flaques en gouttelettes éparpillées jonchaient le parquet. Une serviette enroulée sur les épaules, dégoulinant de partout, sorti du bain dans une sorte d'urgence insoumise, Joachim cherchait un soutien dans les yeux de sa marionnette immobile. Il l'implorait tandis que ses larmes se confondaient sur son visage. Identique à un coup de semonce, son petit monde imaginaire s'écroulait. Il ne pouvait plus jouer, l'argument exigeait davantage. Pour la première fois, il se sentit dépouillé de sa peau d'enfant incorrigible. Joachim ne se connaissait pas en homme. Il se découvrait. La déchirure s'avérait douloureuse, insoupçonnée. La poupée n'était que de bois, sans pouvoir. Il le remarquait seulement, en perdant la bataille qu'il livrait à lui-même. Il apprit en même temps que la poussière n'était pas d'étoiles, et la désuétude des baguettes magiques de ses fées. Plus rien ne lui ressemblait. De sa fenêtre, il vit Prague, moderne et pressée, bruyante, à l'heure d'aujourd'hui.

Sans autre cérémonie que celle du silence, il

décacheta le télégramme. Son contenu attendu tomba comme un couperet, achevant la métamorphose et son lecteur. *Lucas est à la maison. Nous t'attendons. Papa.*

# 11

Au-delà du minimum requis de substitut paternel, dépassant l'absolue implication des devoirs de protection morale et financière, d'éducation, des droits d'autorité à exercer à bon escient, Charles Sordec s'était investi dans la mission confiée en déployant sans retenue un honorable zèle. Loin de la traditionnelle photographie de famille, forme et fond entendus, le trait d'union qui l'avait amarré à Joachim était doté d'une résistance, tant aux années qu'aux épreuves, avec laquelle aucun cordon ombilical ne saurait jamais rivaliser. Même coupé, pour l'autonomie de chacun, pour l'individuelle suffisance d'air ! Charles aimait son fils adoptif en dépit de ses frasques et excessives extravagances. Joachim vouait un respect et une admiration sans borne à son père malgré la distance volontairement instaurée, semblable à une digue à l'aliénation, à la dérive.

Charles avait reçu le bébé comme un cadeau qu'on lui avait abandonné tandis qu'on appelait juste à son amitié pour un service à rendre. La proposition avait été directe, franche, sans détour, d'une simplicité presque effroyable pareille à la sollicitation d'un voisin pour la garde de son poisson rouge pendant une absence prolongée. Sans prendre le temps de la réflexion, excluant toute idée du moindre recul nécessaire à l'évaluation des conséquences d'un tel engagement, Charles avait accepté sans l'ombre d'une hésitation. Tout en se défendant d'un facétieux recours à la pitié mais bel et bien poussé par un instinct humaniste, frappé de plein fouet par la compassion survenue, l'homme avait accueilli la requête comme le témoignage d'une affection enfin avouée.

Quelques mois auparavant, environ six ou sept, Charles avait remarqué un insolite changement d'habitudes dans la maison d'en face, le pendant de la sienne, sise de l'autre côté de l'impasse. Une jeune fille, partagée entre l'adolescente et la femme, était arrivée au sein du foyer de monsieur et madame Puech.

Des cheveux aussi noirs que le plumage d'un corbeau, coupés très courts, dégageaient un visage galbé et charnu, d'où s'érigeaient en collines rougeaudes des joues proéminentes. Sur ses yeux sombres, avec leur air de percer sans cesse la couche des nuages, s'inscrivait la marque flagrante d'une anxiété permanente et figée.

Employée à de sommaires tâches domestiques modérées, la demoiselle passait devant les grilles de Charles chaque matin munie d'un filet à provisions qui ne paraissait pas bien lourd. Les après-midi, quand la clémence du ciel le permettait, elle aimait à s'occuper des fleurs dans le jardin avant de s'évaporer, allongée dans un hamac suspendu à l'ombre de deux pins. Vu de l'extérieur, son séjour semblait davantage s'apparenter en une visite aimable ou de dilettante qu'en un travail organisé en bonne et due forme.

Dès la première semaine, ce fut comme un coup de foudre inexpliqué, à peine tronqué de l'expression du désir. Dès lors, Charles avait consacré une part importante de ses distractions à épier la demeure voisine. Rapidement, il avait enregistré le nouveau rythme quotidien qui s'y installait. Trois à quatre jours lui avaient suffi à ordonner un inventaire évasif des manies de la jeune fille. Tel un scribe, il avait noté les heures approximatives de ses sorties et leurs durées, ainsi que celles où elle demeurait autour des allées fleuries du parc. Alors que sa réputation d'ours mal léché et asocial le poursuivait inlassablement, il s'était surpris presque à son insu à élaborer divers stratagèmes pour provoquer un contact, générer un lien. Dans cette perspective qui le taraudait, il s'était arrangé pour croiser leurs chemins aussi fréquemment que l'autorisait la décence du possible. L'effet escompté s'était produit sans tarder, dans l'affligeante banalité d'un échange courtois, réciprocité d'un salut inconsistant qui n'avait présagé en rien l'infusion commune de leur destin respectif.

Petit à petit, comme un apprivoisement mutuel, des regards plus posés et des sourires avaient ponctué les bonjours policés. La timidité des deux protagonistes impliqués dans ce défi d'approche s'était dispersée lentement, identique à une brume matinale. Sans se l'avouer, ils étaient chacun devenus un éclat de soleil pour l'autre. Gardant tous deux ce secret enfoui sous le sceau d'une pudeur puérile, ils avaient attendu ensemble le jour du grand beau temps, celui face auquel les chroniqueurs de la météorologie nationale restaient impuissants. Celui dont le picotement des rayons ne halaient pas la peau mais allégeaient le cœur jusqu'à le lester, à l'en transformer en ballon gonflé à l'hélium. La saison du printemps avançait. Forcément, ils allaient vers l'été.

La supériorité de l'âge de Charles l'avait exhorté à une hardiesse plus affranchie. Il s'était appuyé sur tous les prétextes disposés à sa portée, d'accès facile. Arduement extirpés des timbres de voix éraillés par l'audace, d'abord des mots s'étaient essayés à des embryons de conversation. Selon, il avait évoqué une belle journée prometteuse, la fraîcheur qui s'attardait ou la pluie assaillante. Ne recevant qu'un maigre écho insatisfaisant à ses vaines perches, sans risquer de se ridiculiser en épuisant tous les paramètres imaginables des variations climatiques, il s'était rabattu sur l'éclosion massive des bosquets de tulipes ou sur l'apparition récente des premiers boutons de roses. Même si le sujet avait paru mieux intéresser son interlocutrice, il n'avait pas suscité pour autant l'indispensable enthousiasme à la pénétration espérée de leur univers propre. Dépité par ses échecs successifs d'entreprise, Charles n'avait pas réussi à dissimuler le désarroi qui se profilait sur son visage. Se jugeant assez sot, sans conviction exprimée, il avait souhaité une bonne après-midi à la demoiselle tout en déviant son regard sur une quelconque pointe d'arbre au hasard des peupliers de son domaine. Malgré tous ses efforts pour ne pas lui donner l'impression de se moquer, elle avait éclaté d'un rire contenu. Elle avait fait trois pas dans sa direction, avait tendu sa main en lui demandant de plus simplement l'appeler Annabelle.

L'interdiction qui les avait retenus tous deux s'était peu à peu implicitement dissipée. A son rire étouffé, elle avait cédé l'exposition d'un sincère plaisir et d'un soulagement certain d'être parvenue à déblayer la maladresse dans laquelle l'enlisement les avait menacés. Afin de forcer le trait esquissé, Annabelle avait accepté une invitation à goûter, préférant cependant fixer le rendez-vous au lendemain. Pour l'heure elle avait filé à la hâte, désireuse de n'avoir aucune justification à fournir à un retard imprévu.

Tapis dans l'embrasure des rideaux, Charles avait observé Annabelle appliquée à débarrasser un pied de rosiers de vieilles feuilles jaunies, armée d'un soin méticuleux et d'une patience méritoire. Il avait compté dix arbustes plantés sur toute une allée. Considérant qu'elle allait s'attarder avec la même attention sur chacun d'eux, il avait jaugé du temps dont il disposait pour préparer sa réception.

Ne cessant de commettre des va-et-vient réguliers jusqu'à la fenêtre qui donnait sur la propriété voisine pour s'assurer de la progression de la besogne de son invitée, Charles avait dressé une jolie table sur la terrasse, protégée de la brise et surtout, de toute incursion curieuse. D'une armoire qu'il n'avait probablement pas ouverte depuis des années, il avait sorti une nappe blanche ornée sur les bords et le centre de broderies, motifs en forme de pétales rouges et jaunes. Il avait défroissé le linge à la vapeur ainsi qu'une paire de serviettes assorties. Entre deux passages derrière ses carreaux, il avait lavé une vaisselle appropriée, petites assiettes à dessert et couverts en argent. Pour l'occasion il avait choisi d'utiliser ses verres en cristal qui recevaient de coutume plus de poussière que de vin.

Quand il était retourné à son poste de guet, il avait constaté que l'outillage d'Annabelle était ramassé dans un seau au niveau du cinquième rosier. La jardinière ne s'affairait plus, le hamac était vide. Etonné, Charles était demeuré prostré en quête d'un indice, inquiet de la disparition soudaine. La tarte aux pommes terminait sa cuisson sans son aide, le cidre trouvait sa température idéale dans le réfrigérateur.

Prématurément déçu, frisant avec une répulsion envers la jeunesse pareil aux masses qui clamaient perpétuellement qu'elle foutait le camp, Charles avait trépigné à l'abri des voilages grisâtres, en habit de gamin trop capricieux. Morfondu, il avait continué à scruter la moindre parcelle de son champ de vision dans l'attente d'une information éclairante sur le désistement soudain. Saisi à la gorge par une peine démesurée, chaussant le comportement de l'amoureux transi que sa dulcinée venait d'abandonner sur le bas-côté d'une route, il s'était senti leurré par celle en qui il avait caressé l'enclin d'une amitié nouvelle. Dans son poing hargneux, sous l'effet rajouté de la moiteur de sa paume, le rideau s'était vilainement chiffonné. L'envie ne lui avait pas manqué de le décrocher d'un geste brutal.

De colère bouillonnante, il avait déversé tout un chapelet de blasphèmes, maugréant entre ses dents, prêt à surenchérir à sa rage en tapant du pied lorsque Annabelle était réapparue sur le perron accompagnée de ses hôtes. La partie impromptue de cache-cache avait cessé net. Délesté de son joug en bois de tourment, requinqué par ce soulagement jovial, Charles avait retiré du four une tarte dorée à souhait.

Annabelle avait rangé son matériel de jardinage après le départ de sa famille d'accueil. A seize heures précises, elle avait sonné à la grille de Charles.

Sur un ton grossièrement emphatique dont il ne faisait pas couramment usage et qu'il employait malgré lui dans des circonstances tellement étrangères, si éloignées de son mode de fonctionnement traditionnel, Charles Sordec avait, tel un état des lieux du propriétaire, présenté les différents aspects du parc qui entourait sa demeure. Plus poliment que passionnée, Annabelle avait suivi le cursus de la promenade imposée n'accordant à son guide qu'une oreille distraite. Elle avait faim.

Autour de la table où ils s'étaient enfin assis, un silence quasi religieux avait d'abord régné. La lumière provoquée par un soleil ardent habillait les verres d'un air de fête détonnant avec la solennité ambiante et pesante. Il avait fallu l'écoulement d'un certain laps de temps, autant que du cidre au fond des gorges séchées pour libérer les empêchements. Mais l'excitation culminait, résultante indéniable du plaisir procuré à la cassure du train-train habituel, forçant à l'atrophie du mutisme.

Annabelle flirtait avec le terme de sa dix-septième année. D'origine cévenole, elle avait grandi au pied des massifs rocailleux, fille parmi tant d'autres au sein d'une nombreuse famille. Soumise à une rigide autorité asphyxiante, elle s'était réfugiée, par aspiration d'indispensable espace vital inviolable, dans des loisirs de plein-air, escapades solitaires, excursions en groupe réduit ou menus travaux d'aiguille. Très tôt, elle avait ressenti un besoin d'autonomie comme douée d'une faculté à s'élever seule, dénuée du plus infime instinct grégaire. Dès qu'elle en détenait le pouvoir, elle fuyait le monde, ne s'associant aux autres que par contrainte, sur ordres. Assoiffée d'indépendance suraiguë, trop embarrassée de sa flopée de frères et sœurs, elle se mettait en recherche incessante d'une place toujours plus à l'écart.

Charles avait ouvert une seconde bouteille et apporté la tarte encore chaude qu'il servit rehaussée d'une boule de glace à la vanille.

Bon an, mal an, le recul délibérément marqué s'était progressivement accentué. A maintes reprises, Annabelle en avait essuyé les remontrances. Par séries d'ultimatums ressassés, on l'avait tancée, la priant d'un changement d'attitude afin d'améliorer son implication dans les agencements du quotidien familial. Ses efforts pour accéder au mieux aux sommations n'atteignaient jamais le degré de sociabilité qu'on attendait d'elle. Les différends s'endurcirent, dessinant un conflit inévitable.

Lasse de tant de reproches assénés comme des coups de burin incisifs, sentant l'exténuation à ses aguets, Annabelle n'eût d'idée que celle de s'échapper. Saisissant le taureau par les cornes, dans l'unique but d'étouffer la tension perpétuellement en éveil avant sa fatale explosion, elle avait suggéré à ses parents sa mise en retraite provisoire pour une période d'une durée aléatoire. Cette proposition reçut un accueil mitigé, néanmoins elle fut adoptée en seconde lecture après moult discussions et réflexions. Une condition inflexible avait conclu le projet, celle du lieu de résidence temporaire. Annabelle s'était conformée au choix de sa mère pourvu qu'elle pût s'évader du cocon tribal. Ainsi, elle s'était installée chez Eléonore Puech, sa marraine, dans l'agglomération tourangelle.

Mine de rien, entre les étapes de sa narration, avec Charles ils avaient réglé le sort de la deuxième bouteille de cidre et, en gourmands invétérés, donné une méchante claque à la tarte.

Alors qu'ils n'en avaient pas convenu d'une manière protocolaire, d'autres goûters informels, parfois moins élaborés, certains plus somptueux, avaient construit une union affectueuse penchant vers une amitié tue. Pas une journée n'avait manqué à l'appel d'un signe envoyé, d'une complicité partagée. De semaine en semaine, les échanges désuets, oblitérés d'un attachement franc, s'étaient forgés comme naturellement établis dans les mœurs. Ils avaient franchi le stade de la courtoisie primaire en veillant cependant à ne pas déroger aux lois fragiles d'une curiosité malsaine ou d'inquisition sous-jacente par le biais de l'attention commune portée à la préservation de leurs intimités respectives, physiques et émotionnelles. Aussi, lorsque Charles avait vu le ventre d'Annabelle s'arrondir, il ne s'était permis nulle question. De son côté, la future maman s'était abstenue de la moindre allusion à sa métamorphose. La grossesse avérée en était restée au seuil du non-dit.

Trente ans plus tard, dans son appartement praguois, Joachim Sordec promit à sa marionnette de poursuivre son récit. Dans une maison aux portes de Tours, Charles s'exécutait à une énième version de l'épisode, n'en changeant aucun mot, tellement la surprise de Lucas en exigeait toujours davantage sur l'histoire d'Annabelle Albancé.

# 12

Un matin de ce fameux été capturé comme un papillon docile, en plein résidu d'ébriété de la campagne soixante-huitarde, Charles s'était éveillé exceptionnellement à l'aube, irradié par la lumière montante de la mi-août vautrée dans son lit. Péniblement, il avait décollé ses paupières froissées encore étourdi par les relents des cigarettes aromatisées qui l'avaient assommé la veille avant qu'il ne se soit effondré sur le matelas, privé du souvenir de son plongeon soudain dans la torpeur du coma prohibé. Après qu'il se fut extirpé du champ de bataille de ses draps, l'ours Sordec s'était machinalement ébroué, secouant une tignasse poisseuse. Un à un, tandis que le robinet d'eau froide crachait sa torture, il s'était débarrassé des vêtements dans lesquels il avait dormi. Dans un cri d'effroi, il s'était coulé sous le jet saisissant.

A gambader sur les cadrans des pendules, les aiguilles avaient escaladé des heures. La matinée s'était étirée sur la longueur signant d'une mollesse nonchalante quand déjà la chaleur croissante augurait une canicule soporifique. Midi, finalement, s'était imposé conditionnant une trêve innée aux différents types d'occupations de chacun. Comme une règle d'or frappée aux armes de l'évidence, Charles, lui aussi, avait interrompu l'oisiveté qui l'avait happé depuis son premier café.

En vertu des rituels qui régissaient leurs liens, sorte de partition codifiée, quand Annabelle rentrait de ses courses d'appoint, elle décochait un signe de la tête en direction des fenêtres de son voisin. Ce dernier ne manquait jamais le rendez-vous. Ce même jour, calfeutré à l'ombre des volets entrebâillés, asseyant au mieux son confort, il avait profité de cette pause établie pour attendre la chère obole de sa jeune amie.

Sa patience réputée nulle pour la plupart des communes aspirations savait endosser une envergure insoupçonnée lorsqu'elle avait trait à Annabelle. Avec elle, il s'était découvert des facultés capables de réduire au néant ses vieux principes acquis et entretenus. Ainsi, Charles avait appris à pardonner l'erreur, à admettre la faute et parfois à disculper la légèreté permissive de certains actes ou propos. Néanmoins, il n'accordait cette faveur qu'à elle, excusant la fraîcheur de ses dix-sept ans d'où découlait cet élan de liberté qu'elle s'appropriait et dont elle se nourrissait abondamment en sa compagnie.

Ce fut a priori un jour sans courses. Charles était demeuré perplexe face à l'aspect exceptionnel de l'absence avant de se résoudre à évoquer tout juste un pourquoi pas. Afin d'apaiser le jaillissement embouteillé d'idées passablement tourmentées, il avait envisagé que la chaleur torride survenue eut conduit Annabelle à avancer ses commissions pour ne pas suffoquer sous le poids de la température anormalement élevée. L'espoir rassérénant qu'elle ne put laisser étouffer ses rosiers sans en biner la terre dans le courant de l'après-midi l'avait presque consolé. Mais personne n'était venu aérer le pied des arbustes, pas plus qu'on avait déplié le hamac.

Le soir était descendu tardivement, parachevant une journée interminable que Charles avait consacrée à l'attente d'Annabelle, un peu comme s'il l'avait sacrifiée sur l'autel de sa désolation angoissée.

Morcelée, emprise à une agitation infernale, la nuit avait annoncé un lendemain à quelques détails près identique. La douche glacée, par exemple, ne s'était pas obligée. En revanche, l'interruption subite du programme habituel avait continué de brouiller l'image offerte derrière les carreaux. Soumises à une passivité elle-même en proie à un désarroi dépressif, vingt-quatre heures encore avaient arraché une page supplémentaire à un éphéméride brutalement insipide et désuet. Cet été tant convoité s'était atrophié, amputé de sa joie insouciante à se laisser mordre, de concert avec les orages de circonstance qui grondaient tel un sinistre glas.

Depuis plus d'une semaine, des trombes d'eau s'étaient abattues régulièrement, fidèles à chaque inclinaison du jour accentuant ostensiblement leur raccourcissement inscrit au calendrier. Bien que ne croyant guère en grand-chose, Charles avait perçu cet amalgame d'éclairs, de tonnerre et de pluie comme un étrange symbole de la disparition désormais admise d'Annabelle. Parfois, parce qu'il se rendait compte de l'absurdité de sa corrélation, il s'abritait sous le fallacieux prétexte de l'appui prodigué aux commémorations prochaines de son désappointement d'alors. Il se souviendrait plus tard de la rare violence des orages de cette année-là. Mais que cet effet surnaturel fut de mise ou non, la blessure réelle du déchirement brutal avait écorché au sang le cœur de Charles et lacéré son moral réduit en charpie.

La marionnette de Joachim afficha un visage placide malgré la douleur narrée, découvrant le pétillement qui s'allumait dans les yeux de son conteur. La présomption d'une issue plus gaie s'y lisait comme dans un livre ouvert.

Après l'apaisement du cycle des intempéries estivales, quand les soirées avaient cessé de tempêter frénétiquement, un sursaut de vie à la lueur encore blafarde s'était accrochée aux basques des restes de bon sens de Charles. Sans prétendre à une totale rémission de son chagrin, des bribes d'élans optimistes étaient revenues caresser la surface d'un quotidien qui s'appliquait déjà au mieux à obtempérer aux lois d'un consensus de guérison de ses plaies profondes. Les hématomes de son âme, dans une lente progression, s'étaient estompés. Sensible à la résurgence qui cognait dans sa poitrine, Charles avait lutté avec un acharnement digne de celui d'un malade refusant sa perte, pour saluer la source réapparue de ses envies.

L'amélioration de son démantèlement psychique n'avait pas emprunté un tracé linéaire. Cependant, en dépit de quelques failles croisées, les crues de faiblesse s'étaient à chaque fois résorbées plus ou moins vite. N'oubliant pas Annabelle et l'affection qu'il s'attachait à lui porter toujours, il était parvenu à colmater les brèches de ses veines et à assainir le sang meurtri qui les gonflait de nouveau. La dépression avait été frôlée, risquant le heurt, mais l'éclosion extrême du regain vital avait réussi à réguler l'assombrissement.

Charles était à peine rentré d'une sommaire inspection de son verger, sous un crépuscule languissant tandis qu'une étoile isolée scintillait au firmament. Il allait s'apprêter à casser trois œufs lorsqu'il crut entendre les pneus d'une voiture écraser le gravier de l'impasse. Instinctivement, il avait tendu l'oreille, suspendant la préparation de son omelette pour ne reconnaître que le son du silence et le bruit d'une brise douce qui traversait le feuillage des peupliers. L'attention n'avait pas duré plus de trente secondes. Tout juste s'était-il remis à sa tâche, ébréchant une première coquille contre la paroi d'un bol, que la sonnette de la grille le fit tressaillir et lâcher l'œuf entier à côté du récipient. Les mains grossièrement essuyées à un torchon sali, exalté comme un môme, Charles Sordec avait couru jusqu'au portail. Un éclair de joie indescriptible avait fait claquer l'air se répandant dans tout son corps en frissons électriques. Avec ça, le brillant de ses yeux humides avait invité ceux d'Annabelle à un enlacement langoureux.

Dans un costume gris qui lui concédait une allure austère, à deux pas derrière elle, un homme demeuré en retrait l'accompagnait. De prime abord, il avait donné l'impression à Charles d'un officier de la loi reconduisant la demoiselle au bercail. Cette dernière, devant l'air dubitatif de son hôte, s'était empressée de lui présenter le docteur Grimaud.

Fièrement tenu dans les bras d'Annabelle et enveloppé dans un linge d'une teinte pâle que la nuit croissante empêchait de discerner exactement, un bébé tout rose hoquetait. Attendri par les soubresauts répétés, Charles s'était penché sur la minuscule figure du petit prince innocent. Timidement, il avait blotti un index maladroit au creux de la menotte fripée. En simultané au salut adressé au nourrisson, il avait félicité la jeune mère en l'embrassant franchement sur chaque joue. Ensuite, il les avait conviés à pénétrer à l'intérieur du domaine. Par galanterie, les messieurs cédèrent la primeur à Annabelle de franchir les grilles. Fermant la marche, Charles les avait priés d'entrer directement dans la maison.

Le tableau était charmant, assis tous les trois autour de la toile cirée élimée comme des copains venus trinquer malgré l'heure tardive, le nouveau-né sur les genoux de sa maman. Charles avait proposé une collation puis Annabelle avait demandé la parole.

Aucun préambule particulier n'avait précédé au discours sollicité. Si brièvement, Annabelle s'était excusée pour son départ sans préavis. Pour asseoir ses propos, elle avait opté pour une trajectoire directe en ligne droite. Son auditoire s'était confiné dans un mutisme volontaire et attentif.

En posant son bébé au milieu de la table, elle l'avait désigné comme l'objet principal de sa conférence. Chacune de ses phrases était adressée à Charles. Elle l'avait regardé fixement, ne se détournant que par séquences comme une ponctuation rassurante vers les yeux du docteur Grimaud qui lui confirmaient le soutien du médecin.

Le nourrisson, son fils, qui gesticulait au centre des débats, se prénommait Joachim. En quelques mots, il était devenu le poisson rouge dont elle avait imploré la garde. Charles était abasourdi, néanmoins heureux. Annabelle s'en était rendu compte, l'illumination avait dévoré son visage avec une gourmandise gargantuesque. Issue d'une franche contagion et soudée par les cœurs soulagés, l'allégresse s'était propagée sur les figures des trois participants à la réunion.

Charles, affublé de ce nouveau titre, s'était engagé sur le champs et l'honneur à assumer son rôle de père du mieux qu'il le pourrait. De ses larges mains, de vraies pattes poilues d'ours, il avait attrapé le bébé pour le caler sur ses cuisses. Délicatement, aussitôt après, signifiant la signature du pacte, il avait frotté son menton rugueux sur le front rosi de Joachim. Tous s'étaient tus comme pour affranchir le cérémonial de ce simulacre de baptême.

Mais Annabelle, commençant à afficher un certain empressement à déguerpir, avait rompu le silence pour répondre aux questions que nul ne lui avait posées. L'arrachement maternel lui coûtait, elle avait eu besoin de s'en justifier. Son monologue avait repris derechef dans cette immuable scène. Seul le petit bout de chou avait changé de place.

Une fois encore, elle s'était excusée pour la hâte qu'elle manifestait sans toutefois n'en fournir le moindre motif. Puis, elle avait tout expliqué à Charles. Ce dernier, sans aucune forme de procès, avait alloué son pardon au mensonge. Annabelle n'avait pas quitté sa famille et les Cévennes pour le prétexte invoqué jusqu'à lors mais parce qu'elle avait eu peur de la réaction parentale à sa grossesse. Si elle avait réussi à partager le secret avec Eléonore Puech et obtenu le gage de la discrétion de sa marraine, elle ne savait que trop que sa mère ne l'aurait jamais accepté. Annabelle s'était retrouvée dans une impasse, perdue et seule. Alors, dans un ultime sursaut, pareil à un instinct de survie, elle avait imaginé ce scénario de fuite. Dépourvue à l'époque de stratégie à adopter après la naissance, elle avait compté sur les mois passés à Tours pour trouver une solution. Puis elle avait rencontré Charles, leur amitié s'était imposée. La suite lui était apparue évidente bien qu'elle n'ait pas osé la lui exposer plus tôt, obnubilée par les craintes légitimes d'un refus. Pourtant elle avait projeté de lui en parler à plusieurs reprises avant de reporter toujours son dessein, comme l'intention de la prise d'un rendez-vous chez le dentiste systématiquement repoussée.

Charles avait écouté son amie sans broncher, mot après mot, repentir après repentir, entendant chaque douleur et chaque apaisement. Ainsi, il avait appris qu'Annabelle avait accouché au domicile du docteur Grimaud, que Joachim n'avait pas encore été déclaré, que le médecin l'aiderait à ces formalités administratives. Il ne s'agirait pas d'une adoption véritable mais d'une reconnaissance pleine et entière de l'enfant. Charles avait acquiescé.

Quand il avait raccompagné ses hôtes à la grille, il avait serré très fort Annabelle dans ses bras. Blottie au creux de son épaule, elle avait retenu ses larmes, empreinte d'une pudeur pénible. Du coffre de l'automobile du docteur, elle avait tiré un sac contenant le début d'un matériel de première nécessité : couches, biberon, layette. Le toubib allait la conduire à la gare d'où elle regagnerait son domicile au Domaine des Tamaris. Ni elle ni Charles ne s'étaient risqué à la promesse d'un au revoir. Lorsqu'ils étaient montés dans la voiture, l'ampoule de l'habitacle s'était allumée. Depuis le portail où il s'était tenu, Charles avait vu sur le siège arrière un couffin dans lequel dormait un bébé. Il n'en avait pas pipé mot. Le jour suivant, après que Joachim eut englouti un biberon de lait chaud, Charles était sorti relever son courrier. Il y avait une enveloppe à son nom, sans oblitération. A cet instant, Lucas crut comprendre. Charles ouvrit un tiroir et se saisit de cette lettre qu'il avait soigneusement conservée. Il la lui tendit pendant que les molosses remuaient partout dans la pièce.

13

*Mon Cher Charles,*

*En dépit de ma réputation assise de garçon manqué, je crois qu'il me manque véritablement, outre les attributs essentiels, les arguments pour parfaire la loyauté qui me rendrait si fière. Et plus grande aussi. Je n'ai pas la force de votre audace ni de votre largesse pour assumer les traits de franchise que j'aspire à revêtir. J'attends des années à venir qu'elles forgent mon expérience dans le sens de cette vertu pour me construire mieux. Cependant, je sais qu'il me serait surtout profitable de compter d'abord sur moi-même pour atteindre cet objectif. Aujourd'hui, je ne m'en sens pas les épaules suffisantes. Croyez-moi Charles, même si j'ai le culot d'oser vous le demander une dernière fois, quand je vous dis que ces mensonges à répétitions constituaient la seule arme dont je disposais pour protéger Joachim et son frère Lucas. Je vous écris parce que mon courage est en fuite, évincé par une vérité terrible face à laquelle il n'était pas assuré de savoir répondre. J'ai honte, je l'avoue, mais je n'ai rien entrepris pour le retenir. Sauf cette lettre peut-être dans laquelle je me réfugie lâchement quelques heures avant de vous abandonner le second de mes jumeaux, dans une ultime rencontre, sachant pertinemment que vous ne la lirez qu'après.*

*Si, Charles, je souffrais de cette multiplication toujours renouvelée de ma famille. J'étouffais au milieu d'eux. La marmaille piaillait, braillait, se disputait, se jalousait. Ces chamailleries continuelles m'étaient insupportables. Je me sentais en constante privation d'air et d'espace. Je les aimais sans doute mais la démonstration affective n'est pas mon lot. Je ne pouvais que faire des efforts, jamais me forcer. Dans mes échappatoires calculées, je trouvais à peu près mes instants de répit. Je respirais. Avec cet équilibre fabriqué, je crois que j'aurais pu encore résister plusieurs années, au moins jusqu'à ma vingt et unième. Cette conviction ne sera jamais démontrée, le destin ayant transformé – au-delà de mon ventre – le cours de ma vie.*

*En l'occurrence, ce destin s'appelait Antoine, un jeune étudiant, solitaire et poète. Puisse le gène être transmis ! Assis sur une grosse pierre au bord d'une route, il alignait des vers en spectateur de la nature qui l'inspirait. Comme je passais près de lui, il m'a saluée. Il était beau garçon, ses rimes ont fait le reste. Je ne l'ai jamais revu mais je sais qu'il s'agissait d'amour. C'était la première fois. J'ignorais tout des mécanismes du corps. Je me sentais heureuse et amoureuse, rien de plus. Puis, des changements physiques sont apparus dont je vous épargne la liste et les détails. J'ai paniqué avant de me retourner vers ma mère par instinct basal. Si vous saviez à quel point je le regrette, Charles. Le remords me ronge de n'avoir pas réfléchi davantage. J'aurais pu, j'aurais dû consulter et organiser alors ma fuite telle que je vous l'ai fait croire. Au lieu de cela, en fait d'arrangement convenu, j'ai été répudiée et contrainte de quitter le territoire familial.*

*Au même moment, ma mère m'apprit qu'elle attendait un maillon supplémentaire de sa progéniture. Cette chatte ne s'arrêterait donc jamais !*

*Or, à elle seule, elle représentait un édifice religieux. Ajoutée à sa notoriété reconnue dans la région, sa réputation de grenouille risquait gros. Et dans ce zoo, se tapissait également une vipère. Sa morsure, vive et douloureuse, a démasqué le reptile rampant.*

*Les dés étaient jetés. En quelques jours seulement, les conditions de mon exil furent réglées et je partis chez ma marraine. L'honneur demeurait sauf, principalement celui de l'animal qui continuerait ses stratèges à sa guise, personne n'assisterait au spectacle de la mère et de la fille vaquant ensemble et enceintes.*

*Je suis arrivée chez Eléonore qui s'est montrée très compatissante à mon égard. Rapidement, j'ai fait votre connaissance ainsi que celle du docteur Grimaud qui me promit d'assurer le suivi de ma grossesse. Je me sentais presque bien, parvenant parfois jusqu'à occulter mes soucis, partagée entre mes hôtes d'accueil chaleureux et prévenants, un médecin fort compréhensif et un nouvel ami qui me préparait des tartes succulentes. Ça n'était pas le rêve tous les jours, mais ma foi, je dois bien admettre que je ne croisais guère de causes à tourment.*

*Au fil des semaines, des inquiétudes se lurent sur le front du docteur Grimaud, toujours plus marquées à chaque examen. Mon embonpoint général autant que le galbe de mon ventre prenaient des proportions anormales, à la manière d'une jauge qui traduisait le soupçon de jumeaux possibles annoncés. J'ai reçu cette présomption dramatique pareille à un coup de poing. J'étais véritablement effondrée. Jacques Grimaud m'a soutenue du mieux qu'il le pût. Mon moral filait en cavale malgré l'accent fondamental que je mettais sur ce qu'il me fallait entreprendre pour cacher cet affaissement psychologique. Je ne me suis jamais autant affairée aux rosiers que depuis l'effroyable nouvelle.*

*L'information ne devait souffrir aucune fuite vers qui que ce soit, surtout pas ma mère, ni Eléonore. Vous non plus, Charles. Une totale discrétion s'imposait à la sauvegarde du secret. Pardon, d'avoir tant manqué de confiance en vous.*

*Par le biais d'un réseau de relations professionnelles, le docteur Grimaud m'a obtenu une place dans une pouponnière à Genève. Le contrat a été conclu selon des termes simples. En échange de l'hébergement et des soins prodigués, je recevrais la charge de m'occuper de tous les enfants présents dans l'établissement. Je vais y partir. Ce n'est pas la panacée mais je n'envisage pas d'encombrer plus longtemps ma marraine, d'autant que je me suis enfuie de chez elle telle une voleuse d'argenterie. Quant à un éventuel retour vers mes rocailles cévenoles, ma diablesse de mère s'était montrée on ne peut plus claire. Elle ne tolérerait pas de bâtard chez les Albancé. Le ricochet de ses mots se heurte toujours douloureusement contre les parois de ma tête.*

*Aujourd'hui la donne a changé. Deux bébés sont là, près de moi. Ils vivent. J'en suis fière et je les aime. Ils me procurent tant de force. Et cette énergie m'autorise désormais à espérer que vis-à-vis de leur grand-mère, le temps fera son affaire. Certainement suis-je naïve, mais pas assez pour imaginer que deux ne soit pas trop. Dans tous les cas, ça ne doit pas l'être pour tout l'amour dont ils sont redevables. Je ne courrai pas le risque de les en priver. Alors, j'en appelle au votre à l'égard de Joachim. Sur les conseils du médecin, la question du choix n'a pas été posée. Je garde Lucas, il est le premier né. La chronologie des naissances non plus n'a pas servi de pilier à la décision. Quand il est arrivé, nous ne savions pas encore s'il y en avait vraiment un deuxième. L'évidence alors s'est prononcée d'elle-même. Puis le verdict est tombé, confirmant les doutes de Jacques. Très vite, Joachim s'est mis à pousser vers l'extérieur, vers la vie.*

*J'ai tranché sur-le-champ, considérant l'urgence bien sûr, mais préconisant cette hâte comme une probable barrière à un excès inutile de souffrance. Honnêtement, je ne saurais dire si l'argument fut réellement efficace ou si je n'en ai récolté que l'effet placebo. Une sérénité étonnante et inattendue m'a envahie, qui affirmait la sagesse en laquelle je croyais pour mon dessein. Ce sentiment m'a offert un bel instant de répit que j'ai accueilli comme un cadeau.*

*Ce repos, identique à une nécessaire pause négociée avec moi-même, n'a pas duré. L'heure de me séparer de Joachim est venue à pas immenses. Je réalise alors à quel point cette rupture m'est l'égale d'une amputation. La culpabilité me gangrène depuis ce matin. Le supplice de cette torture en témoigne par la sentence du sacrifice. Je connais le pire jour de mon existence. Dites-lui que je l'aime, Charles, sans ne lui cacher aucune vérité. Répétez-le-lui souvent, et aimez-le à votre tour.*

*Annabelle*

# 14

Le regard hagard accroché dans le vide comme un tableau suspendu à un mur invisible, Lucas se déroba d'abord à cette terrible réalité déferlée en averse de lames acérées. La lettre de sa mère pendait au bout de ses doigts, tremblante, pareille à la feuille de l'arbre fragilisée par un automne soudain. Immobile, il se soumit entièrement à l'emprise du silence, livré à son abandon sous une chape de néant qui lui interdisait la moindre effluve d'émotion. La privation de réaction, à laquelle il donnait l'apparence d'une volonté de fer, le tenait retranché dans une forteresse paralysante. Lucas resta confiné interminablement derrière ses barricades sensorielles comme si le venin de sa grand-mère l'avait atteint à son tour.

Sujet alors à une étrange et pudique gêne croissante, Charles se retira, infligeant à son auditeur muet la solitude nécessaire à la digestion laborieuse de ses matériaux de construction. Les chiens suivirent leur maître.

Pourtant, en dépit de l'apparence figée, affichée, le choc qui venait de se produire avec une rare violence bringuebalait les sens et les passions de Lucas. Une confusion amalgamée de sentiments multiples qui s'opposaient les uns aux autres provoquait simultanément plaies et pansements, et l'inverse, lui réservant en prime un lot conséquent de contusions comme s'il s'était heurté à maintes reprises aux parois d'une voiture pendant une succession de tonneaux. De toutes parts, il se sentait écartelé, tiraillé d'un côté par la colère, par des envies de représailles, par la haine, par la douleur, et de l'autre, par le plaisir, par la fierté, par l'honneur. Pris au piège dans le noyau de ces vagues qui se bousculaient, il ne cherchait pas à se débattre pour y échapper. Peut-être avait-il besoin de cette tempête, de l'essuyer de plein fouet, en attendant interdit que les éléments déchaînés se calment d'eux-mêmes pour y voir enfin plus clair et mettre un peu d'ordre dans ses idées transbahutées.

La feuille de papier, alourdie de l'encre de sa mère, tomba sur le sol comme s'il se délestait du poids de son contenu devenu trop pesant.

Cette lettre avait fourni l'épilogue au récit de Charles. Tronçonnée en épisodes répartis sur plusieurs jours à l'image d'une saga d'été à rebondissements, l'histoire avait révélé un pan caché de la vie d'Annabelle et de son fils de surcroît. Semblables à des lucioles tapies jusque là dans l'ombre, des réverbères s'étaient alors allumés, éclairant comme en plein jour la route de son passé. Tout à coup, Lucas comprit mieux son parcours chaotique, il découvrit les ornières qui l'avaient meurtri. Des liens se tissèrent identiques à des facteurs mathématiques lui permettant enfin de déchiffrer les inconnues de ses équations. En même temps, il se frappa le front avec la paume de la main comme pour signifier qu'il n'était qu'un sot personnage. Comment n'avait-il pas établi de relation plus en amont ? Bien sûr, il était né à Tours ! Cette maison était celle où on l'avait séparé de son frère jumeau. Mais comment savoir ? Quel frère ? Il ne s'en souvenait évidemment pas, en tous cas de manière consciente, mais la blessure de la scission avait été si profonde qu'il en avait gardé, malgré lui, une cicatrice inaltérable. Elle s'ouvrait de nouveau avec fracas, déchirant les points de suture bâclés. Un trou béant semblable à un puzzle inachevé s'était subitement creusé. Désormais le modèle original sortait de l'obscurité, et, avec les pièces manquantes retrouvées en vrac, Lucas se laissa employer par l'unique désir de sa reconstruction. Cependant, pour parvenir au mieux à l'imbrication des morceaux pris de bric et de broc, il se jugea bien vil et appela Charles à la rescousse.

Lucas s'en défendait à lui-même mais il avait tout bonnement envie de parler, sinon de partager, en dépit de son besoin d'aide irréfutable. En fait, les deux bouées se tressaient, ne formant plus qu'une seule amarre.

En premier lieu, Charles remarqua la lettre qui jonchait sur le carrelage et devina la détresse de son hôte. Sa mission lui apparût délicate tant l'intonation utilisée traduisait son incapacité à nager dans ces eaux effrontées. Il se vit défaillir à son tour, désemparé quant à la manière d'apporter le soutien quémandé. Il n'avait été sollicité que dans l'absolu, aucun accès à la crise de désarroi n'avait été exprimé, ni même seulement esquissé. Par appréhension de la moindre maladresse malvenue, Charles opta pour la position passive d'une présence offerte à vocation rassurante. Il considéra par principe que le ménage incombait à Lucas, que lui n'y participerait que pour parer au plus lourd, au plus encombrant. Toujours, le silence se complaisait dans une constante imperturbable qu'aucun des deux hommes n'eût le cran de rompre le premier.

Ce temps en suspension dura une éternité de deux heures. Ce fut long. Ce n'était rien. Deux heures pour avaler les fondements d'une vie entièrement réécrits, ingérer sans digérer encore l'absence confortée du père, le masque tombé du visage à découvert et insolvable de sa grand-mère, l'existence inavouée d'un frère, événement à la fois heureux et perturbateur. La figure de Lucas se transformait ou se déformait au gré des différentes saveurs, douces-amères, sucrées-salées, qui tissaient des nœuds au fond de sa gorge.

Deux heures, et, sans prévenir, les premiers mots trouvèrent enfin la force de s'arracher au tissage noueux. Une seule phrase s'échappa, une question émise d'une voix hésitante, pleine de rancœur et d'effroi mais dans laquelle on entendait aussi une certaine forme de joie et d'avidité. Lucas demanda si cette histoire était vraie.

Convaincu de la réponse qu'il n'attendait pas, l'ânerie avait été lâchée comme un prétexte au réamorçage de sa voix muselée, une esquive à la trahison de ses secousses intimes par des paroles trop brutes, éparpillées à la hâte, mal. Il ne cherchait pas non plus à se cacher à l'abri de banalités, la pudeur demeurait pour lui une valeur étrangère. Simplement, il prétendait tendre vers des propos posés, calmes et réfléchis, un tant soit peu. L'évidence de sa loyauté transpira si bien qu'elle induisit naturellement l'excuse de la bassesse prononcée.

Au fur et à mesure qu'il regroupait les pièces du puzzle par catégories aléatoirement décrétées, le lien qui les assemblait se distinguait de plus en plus nettement. Le kaléidoscope ralentissait sa rotation en même temps qu'une mue invisible à l'œil nu métamorphosait Lucas. Succédant à sa violence intérieure, comparable à une défense instinctivement aboyée, dont la pagaille des informations l'avait affligé, la douceur de l'ordre en travaux investissait en despotique maîtresse la teneur de ses résolutions.

L'accalmie des passions agitées se confirma avec l'éloignement ostensible du fracas. En lieu et place du chaos provoqué par l'effondrement de l'échafaudage machiavélique de Dolcita, se supplanta le désir grandissant d'un avenir double. Lucas embrassa cette idée comme un projet inaliénable, vivre deux fois en balisant chaque journée d'autant de demain que d'hier. La bonne humeur gagna le jeune homme, son visage s'éclairait. Charles s'aperçut tout de suite de la brillance du regard. Il s'en ravit, quoique étonné. Lucas se tut. L'émotion qui le submergeait s'avéra si intense qu'il en refusa son partage, égoïstement. Il peaufina son dessein, tenta d'élaborer des stratégies pour ne perdre aucune miette du festin de la vie dont il était en train de se faire une promesse inviolable. Une excitation sans précédent lui chauffait le sang. Sans lutter, il succomba à cette fièvre grisante. Envoûté, aspiré par une force inouïe, presque comme un automate téléguidé, abstraction faite de Charles et de ses fidèles compagnons à quatre pattes, ignorant jusqu'à oublier l'espace et le temps, Lucas se dirigea d'une manière purement technique en quête d'un miroir. Là, il s'abandonna à une surexposition troublante. Le reflet qui se tenait debout devant lui n'était plus le sien. Il voyait Joachim de l'autre côté. Lucas ne se permit nul doute. Il n'avait plus de double en image. Le tain ne lui renvoyait plus qu'une vision indissociable, vivante, de chair et d'esprit. Il tendit la main, toucha le froid de la glace afin de caresser la figure de son frère qui recevait la tendresse du geste. Il se sentait jumeau, uniquement. Il sut à cet instant que la saison des vendanges restait en fait à venir. Face à face, tous deux mimèrent ensemble en articulant suffisamment pour que chacun puisse lire sur les lèvres de l'autre le leitmotiv de leur devenir commun ; *Nous les referons ensemble.*

Désormais, Lucas n'existait plus qu'en tant que moitié. Le fondement de cette conviction ancrée, proche de l'instinct primaire, s'appuyait sur l'invocation du manque occulté sous le fardeau du trop-plein de mutisme. L'étau dans lequel on avait écrasé le secret se desserrait enfin. Tout le mécanisme de son cheminement prenait une forme nouvelle. Les réverbères s'étaient multipliés, l'insoluble cédait à la limpidité. Une clarté stupéfiante apporta une foule de réponses à des questions non posées comme s'il avait actionné involontairement le bouton marche/arrêt d'une machine à comprendre. Lucas recevait ces informations semblables à des dépêches de presse tombées précipitamment, privé du moindre répit pour les assimiler. Elles convergeaient unanimement vers l'unique conclusion qui confortait son argumentation du demi-lui advenu. Et d'admettre par l'occasion superbe qu'au travers des garçons recherchés et consommés sous des hangars glauques ou dans les bordels fantasmatiques, il fouillait les autres en quête du reflet suppléé, Graal sacré, idéalisé et improbable.

La réalité du passé, de l'Histoire à la moindre échelle, se reconnaît inéluctablement. Elle s'admet, imperméable à tout refuge aveuglant. Lucas se rangea du côté de cette théorie, fruit d'une réflexion hâtive au confort ostentatoire, issue directement de sa position chamboulée d'homme à l'écorce frappée d'indivision urgente comme une précipitation sur un retard à rattraper. Il avait soif de ces années écoulées, mal consommées. Sa gorge sèche aliénait le cœur dans son aridité. Il entendait boire jusqu'à la lie sa gémellité, entrer en collision avec l'irraisonnable, courir le risque d'une folie effrontée, coaliser avec le vice pour réhabiliter l'éternité recouvrée d'eux. Ensemble, il jeta son dévolu sur l'invalidation des états civils bafoués. D'emblée, Lucas ne conçut d'autre alternative que celle d'une fusion pactisée entre les jumeaux reconstitués. Il diabolisa leur séparation et déclara obsolètes les sentiers dérisoires qui les avaient conduits à aujourd'hui. Comme des ratures dépourvues d'annotation dans la marge, il annula le non-sens de leurs vies trompées.

En commettant cet acte de naissance, Lucas obéissait aux lois convenues d'un destin en sa faveur. Tel un signe avant-coureur, la maison qui abritait ce séisme psychologique, sinon organique, y assistait autant qu'elle l'avait provoqué. Jamais, il n'avait cru au hasard au point qu'il n'en envisageait que son contraire. Il ne démordait pas de sa conviction infaillible, n'accordant aucun crédit aux rencontres fortuites pas plus qu'à la gratuité des événements individuels. Rien ne se produisait pour rien, délibérément. Ainsi, cette maison ne s'était pas incrustée sur la pellicule d'un film vu dans un moment de disponibilité par pure ironie du sort. Le contact entre l'image et Lucas avait résulté d'une configuration complexe qui franchissait l'au-delà d'une banale volonté surhumaine. Refuser le schéma du coup de coude subliminal aurait équivalu à se lancer une invective contre lui-même. Lucas s'était rendu sans résistance, tout acquis à l'effet.

Cependant, malgré le panache dont il rehaussait avec grand soin le blason de l'irrationalité conductrice, la puissance du souvenir que sa mémoire avait intentionnellement masqué sans le détruire, dépassait le cadre des facultés imaginatives du jeune homme. Lucas ne comptait que quelques jours lorsqu'il avait croisé la maison pour la première et seule fois, quand on lui avait enlevé son frère. Or, le rapt de son reflet s'était inscrit à l'origine des scarifications qui saignaient encore aujourd'hui. L'inépuisable gisement sanguin illustrait très justement les dogmes de Lucas. Bien que nulle perplexité n'interférait dans l'actualité du phénomène, il en demeurait néanmoins abasourdi. Que le temps ne changea rien à l'affaire ne le surprenait pas outre mesure, mais que l'invasion des traces fût si gigantesque lui clouait le cul par terre.

Jusqu'à s'en user la voix s'il l'eut fallu, Lucas n'avait cesse de clamer que les pages ne se recollaient pas au calendrier, comme une incantation à savourer le présent sans l'altérer du pernicieux goût amer et âpre du passé. Comme un principe incontournable à l'inaptitude de quiconque à rejouer à l'identique un scénario situé dans le temps. En vertu de ses préceptes en forme d'accents, aux sens aigus et aux sens graves, posés sur les choix des orientations de sa conduite, Lucas s'inclina en direction de l'avenir. Il en déclara sa constitution dès à présent. Terrassé par l'altitude du signe capté, caillou blanc du Petit Poucet semé par la maison retrouvée, il garda précieusement pour lui l'euphorie du vertige tout en votant les faveurs du cadeau offert penché sur le berceau de son ère nouvelle. Il ne s'autorisa pas à stationner en position de béatitude même si la fantasmagorie du puzzle put en réveiller la tentation.

Lucas convenait avec son miroir qu'ils allaient vivre. Dorénavant, pleinement et doublement. Mais uniquement. C'était tenter le diable que d'imaginer les pages définitivement arrachées pour les accoler à leurs benjamines. Ils sommèrent le néfaste cornu de se repaître d'un ragoût refroidi tandis qu'ils s'invitaient unanimement à la dégustation d'eux-mêmes.

Un molosse dressa les oreilles, bientôt imité par son acolyte. La portière du taxi claqua aux grilles de la propriété.

# TROISIEME PARTIE

# 15

Un halo d'une blancheur extrême, déluge de lumière digne d'un cataclysme grandiloquent pompé sur le scénario d'un film à spectacle commercial, tapissa soudainement le ciel, l'espace, le plafond et les murs de la maison, déjà tous réfugiés dans la tête de Lucas comme les girafes et les singes dans l'arche de Noé pour un périple aventureux. L'électrocution avait sonné l'heure du départ sans que les voyageurs n'en connussent ni l'itinéraire, ni la destination finale. Proche d'un état de transe renversant sa volonté pareille à l'aquilon sur le roseau, Lucas s'offrait à une excitation sophistiquée, plus fardée que maquillée. Tout ce que le corps et l'esprit peuvent compter de vibrations répondait à l'appel de son embrasement nerveux. En couple ou en duo, imitant les singes et les girafes, par grappes accrochées comme des sangsues, des conglomérats de saveurs mélangées montaient à l'assaut de sa frénésie. Dans cette arche de Noé assimilée à un parc d'attraction doté d'une exaltation sublime, on entendait son sang frapper aux parois, cogner contre ses tempes. Un rythme saccadé gonflait et dégonflait la chair des alvéoles, soutes à bagages où s'engouffrait la sarabande d'une joyeuse trouille. Une commotion délirante se manifestait comme le signe clinique d'une embellie cérébrale. Parce que l'alchimie de l'homme est composée d'un réseau élaboré de connexions automatiques, le corps de Lucas se mit en branle à son tour, et à sa façon. Dans une sorte de cérémonial sans préméditation, penchant plutôt vers un rituel tribal issu d'une tribu à membre unique composée de lui, isolément seul, Lucas ne devint plus qu'un amalgame d'hormones exacerbées. Des gouttelettes de sueur imbibèrent en perles brillantes le front, un teint rosi empourpra le visage, des larmes onctueuses coulèrent comme un onguent sur les joues repeintes. Etreint par des bouffées de chaleur tandis que des vagues de frissons perçaient sa peau en s'infiltrant dans les pores creusés, il transpira une écume sèche et glacée. La respiration s'emballa, haletante, de concert avec une contraction spasmodique des muscles. Les doigts, les jambes et la nuque se raidirent, stimulant les premières douleurs de la crampe. Le cœur battait exagérément déjà, l'estomac se noua en pelote d'angoisse. Son sexe durci se dressa aussi. Puis, l'excès de lumière blafarde se dissipa. Pour chasser la traîne illuminée de ses hallucinations convulsives, Lucas tentait de maintenir ses yeux béants. L'horizon n'était qu'un manège virevoltant comme s'il se tenait debout en équilibre sur un cheval de bois qui tournait et tournait encore. Il alluma une énième cigarette, elle lui incendia la gorge. D'un trait, il avala un verre de gin et tira toujours généreusement sur le filtre brûlant jusqu'à s'en étouffer.

Parti aux devants de Joachim, Charles Sordec accompagnait son fils dans l'allée centrale du parc. Ce dernier arborait un sourire coutumier, étendard déployé de sa bonne humeur permanente. Il étalait sa décontraction habituelle, flirtant avec le paroxysme de l'insouciance dans une circonstance exceptionnelle, assez inappropriée à une telle confusion d'épanchements. Sauf que nul n'était jamais assuré de l'intention profonde de ses inclinations. Joachim, meneur d'une troupe d'espiègles personnages, savait jouer avec la vie, le quotidien, le moment donné. Instinctivement identifié à ses comédiens de légende, il rehaussait selon l'inclinaison de l'instant, le besoin ou l'envie, tantôt l'habit du lutin naïf, tantôt celui de l'habile sorcier. Affublé d'une mise en scène ambulante, il n'affichait en façade qu'une parade composée comme un obstacle bâti sans coup férir à sa propre trahison. Décelant immédiatement dans cette nonchalance une des sempiternelles mascarades de Joachim, Charles faillit s'indigner de ces costumes perpétuellement portés, des spectacles lassants toujours proposés, de ce refus immuable d'être, au moins une fois. Le vieux père adoptif s'abstint cependant de l'expression de son agacement, commentaire superflu qui ne risquait que de produire un choc frontal dont il essuierait seul les écueils. Aussi, l'échange se limita aux propos d'usage en référence à leurs retrouvailles. Joachim ne posa aucune question relative à son frère comme si le débat n'appartenait qu'à eux. En vertu d'un parti pris habituel, choix délibéré et volontaire de sagesse, Charles incarna le rôle de la disponibilité discrète, celui du souffleur dans ce huis clos à deux protagonistes. Déjà, il se régalait de la présence de son fils, et bientôt, à l'idée des festivités que les trois coups s'apprêtaient à frapper. Joachim, dans une imperturbable constante de gaieté, trait de niaiserie calibrée, arriva finalement sur la terrasse. Il lâcha sa valise sur le béton, opéra un tour complet sur lui-même, arrosa le domaine du regard et respira à pleins poumons en écartant les bras comme s'il dépliait ses ailes d'ange lubrique. Forçant davantage son sourire, simulant un regain de douceur pareil à une émanation trafiquée de sérénité, il jugea que l'heure était propice à l'exagération du camouflage de sa sincérité. Mais le front restait plissé, les muscles du cou tendus, les ridules au coin des yeux froncées. Joachim joua encore de ses grimaces rieuses, en rajouta jusqu'au maximum des possibilités requises, seuil du degré zéro du ridicule. A ce point limite, et en dépit des efforts concentrés, le flagrant délit de tricherie répondit à l'insuffisance du masque érigé en bouclier contre la virulence de la réalité. L'acharnement à combattre pour une gageure admise était vain. A contre cœur, Joachim admit sa défaite, aspiré avec ses fuites dans le siphon de sa déception. Il se pencha sur son bagage, en tira la marionnette d'Olga et remit de l'ordre dans les ficelles d'un geste presque solennel. Avec une petite tape dans le dos, il poussa la poupée de bois devant lui. Alors, elle se retourna une dernière fois vers son fidèle compagnon et ouvrit de grands yeux inquiets. Elle n'était pas vraiment certaine d'avoir envie d'un nouvel ami à l'identique, à moins qu'elle n'eût craint d'être dérobée par ce semblable à lui.

# 16

Deux billes de verre exorbitées, solidement collées à une boule de bois sur laquelle était peinte une bouche carmin, firent une incartade dans le chambranle de la porte de la cuisine tandis que le cul de la bouteille de gin frappait le plateau de la table à chaque rasade ingurgitée, maintenant à même le goulot. Lucas était à la limite de l'irradiation complète de l'alcool, suffisamment imbibé pour amortir le coup de la confrontation mais pas au point d'être ivre à se rouler par terre. Ainsi protégé par ce rembourrage éthylique, il leva des yeux vaguement ébaubis en se demandant quelle farce lui jouait Charles. Mais il se trompait de joueur. La tête de la marionnette se pencha à gauche puis à droite scrutant la pièce comme si elle ne voyait pas celui qu'elle cherchait. Au-dessus, Lucas distingua nettement la main manipulatrice des fils, et par quelque chose qui ressemblait à de l'instinct, il regarda aussitôt la sienne. La minute s'avéra étrange, inattendue ou inespérée, il n'y manquait plus qu'une fanfare. Lucas aurait aimé ça.

Depuis le jour où Annabelle lui avait offert Joachim, selon l'expression consacrée qu'il avait choisie parmi d'autres trop administratives pour traduire le geste, Charles avait imaginé de mille manières, toutes différentes, cette heure désormais sonnante. Parce qu'il l'avait attendue, parce qu'il avait toujours su, au-delà du pressentiment, qu'elle surviendrait. Alors, il y avait cru, il l'avait rêvée. Et sans nul doute perceptible, il s'était arrogé l'incandescence fiévreuse des enfants, leur impatience souveraine à se trouver, à se voir, à se toucher. Mais pas l'ombre d'une fraction de seconde, il n'aurait supputé le contraire. En tous cas, ce qu'il y assimilait et dont il était le témoin, cette profanation par la beuverie et les déguisements superficiels.

Et puis, à tant tourner sur ce sens giratoire, il fallut bien bifurquer, décider d'une sortie. En l'occurrence, d'une entrée. Joachim avança sur le seuil, debout dans l'embrasure. Il avait lâché les fils de la marionnette qui jonchait sur le sol, contre le mur, abandonnée pareille à un objet obsolète. A l'autre bout de la pièce, assis près d'un cendrier débordant, Lucas flottait dans un épais nuage de fumée puante. Joachim vint s'affaisser sur une chaise placée à l'extrémité de la table. Un hochement de tête à peine esquissé sembla briser le silence. Le reste des effluves de son parfum à la violette dissipé tout au long du voyage déclara la guerre à la brume des relents forts de tabac. Joachim glissait son attention indisciplinée dans toute la cuisine comme s'il s'essayait à reconnaître les lieux. Lucas le fixait d'un regard franc, dépourvu du plus infime cillement. Charles avait discrètement disparu de la circulation. Armé d'un bâton, il se livrait avec ses chiens à des exercices physiques au fond du parc.

Tels deux bibelots immobiles et rivés à un socle, les jumeaux cloués sur leur chaise s'attendaient autant qu'ils s'évitaient. Chacun se consumait d'un empressement identique quand cette même hâte était mise à profit comme un carburant à l'esquive de l'autre. Lucas dans une droiture prête, si raide qu'elle en paraissait menaçante, et Joachim dont l'absence ne demandait qu'un rappel à l'ordre.

Dans un bruit de porte de bahut claquée et d'entrechoquement de verres, Lucas entama les civilités. D'emblée, il réussit à capter l'évanescence volage et oscillatoire de son frère. Ce dernier, comme arrimé à un poste de vigile nouvellement attribué, surveillait d'un air innocent et surpris tous faits et gestes commis. Dans cette maison où il avait grandi, il assistait impuissant et pantois à l'aisance de son double annoncé, piqué au vif par une pointe acérée d'appréhension de l'inversion des rôles instaurée, déjà. Des paliers successifs d'une jalousie amorcée à la réception du télégramme jalonnèrent les mouvements de l'intrus qui lui ressemblait. Un défilé de sentiments offensifs se déploya au centre de ses pensées torturées. A chacun, il associa un moyen de contre-attaque suscitant des désirs de conflit allant, quand il s'égarait conscient de son dérapage, jusqu'à des intentions monstrueuses. Exactement pareil à un enfant obligé de prêter son train électrique à un camarade, Joachim se sentit dépouillé, floué par les siens. Dépossédé. Quand il prit acte de ce vol de lui comme un viol prémédité, il se demanda si l'unique but de sa visite n'était pas motivé par la nécessité de réduire au mieux l'espace soumis à l'expropriation.

Nulle parole n'avait encore tranché l'air. Lucas, à mille lieues de soupçonner le crime dont Joachim le rendait coupable, continua son service en remplissant d'abord le verre sorti du placard. Ensuite, pour tenter d'anéantir un immobilisme au bord de l'enlisement, il leva haut le sien invitant son frère à trinquer. Avec d'immenses yeux gonflés de méfiance, Joachim le foudroya et ne bougea pas le petit doigt. Lucas n'accorda aucun sens précis à la froideur assassine, n'y vit aucun défi, et crédita au compte de la timidité le refus exprimé. Secrètement, il se persuada qu'un travail de séduction restait toujours à accomplir. Dès qu'il s'ancra à cette conviction, il sut que ses efforts seraient conséquents parce qu'il pénétrait un domaine étranger. Jamais il n'avait excellé en matière de communication. Sauf que cette fois, il se détermina à s'évertuer dans la discipline. D'habitude, le contact qu'il consentait consistait en une approche différente si d'aventure il acceptait de concéder une part du terrain privé dont il s'entourait. Il ne s'en cachait pas et aimait même à le répéter souvent. En résumé, il lui était plus facile assurément de sucer la bite d'un inconnu que de lui dire bonjour. Après seulement, il envisageait ou non le dialogue. Mais Lucas ne pouvait pertinemment pas associer la circonstance d'aujourd'hui à quelque schéma de drague ambulante. Il n'y avait pas de sexe où coller sa main et sa bouche, le talent charnel par l'offrande du corps et le grappillage d'un plaisir épars ne séduirait ici personne. Pour lui, l'apprivoisement de Joachim exigeait des performances impalpables dans la panoplie de son savoir-faire.

Pendant tout le temps de cette réflexion, Joachim adopta le comportement d'un chien à l'arrêt, oreilles dressées, yeux fixes, membres figés. La mine renfrognée, il singeait avec zèle la posture d'un flic aux aguets.

Impassible à ce bloc de glace à dessein d'annihiler à la source les envies et les impulsions, résolu à ce que bientôt, par l'émanation d'affection mutuelle que personne ne parviendrait à fuir, l'iceberg fut voué à sa fonte, Lucas feignit d'ignorer le cerbère givré. Peu enclin à la tricherie, sa tâche s'annonçait ardue mais la flamme qui l'attisait comme celle d'une locomotive s'échinant à fabriquer de la vapeur dansait au cœur d'un feu de joie si déterminé qu'apparaissait improbable que l'entêtement se révélât vain.

Il se passa du temps. Gagné ou perdu, selon qu'il était Lucas ou Joachim. L'un sur ses gardes et l'autre en avant.

Chassé du jardin par la nuit qui commençait à s'épaissir, ne laissant que trop peu de champ à l'œil, Charles rejoignit les jumeaux dans cette ambiance de lutte réciproque. La pénombre qui régnait dans la pièce taxait l'atmosphère d'une surcharge pondérale apoplectique.

Excités comme les puces qu'ils charriaient sur leur dos, les molosses percèrent d'abord le brouillard de fumée et de lourdeur. Instinctivement, exactement comme s'il s'était agi de consignes à suivre en cas d'urgence, Charles appuya sur l'interrupteur électrique. Un bain de lumière se déversa des néons et irrigua avec arrogance la cuisine. Déjà, les pattes avant des quadrupèdes avaient grimpé sur les épaules des garçons, chacun les siennes. Le tableau ainsi peint soulignait un trait pittoresque et surnaturel, presque le signe de l'assimilation digérée par la gent canine.

L'assaut des monstres déstabilisa les compères acharnés au duel engagé qui se déroulait désormais en public, comme sous un projecteur braqué. Une redistribution des atouts, des forces puisées dans l'énergie déployée à la défense de leur enjeu respectif s'opéra naturellement. Lucas se mit à rire nerveusement tandis qu'il enlaçait la tête du chien en lui caressant le museau avec la pointe du menton. Peut-être cherchait-il dans l'humidité de la truffe la tendresse que ne renvoyait pas le miroir qui l'observait à distance. De l'autre côté du tain, davantage excédé par les effusions trop démonstratives, Joachim céda un gratouillis poli dans le cou et repoussa l'animal. Sauf que ce dernier insista sans convenances, réclamant sa pitance à part égale. Ce fut à cet instant précis, lorsque Joachim déclara forfait face à l'engouement répété du chien, que Lucas entendit pour la première fois le son de sa voix. Il n'y manquait que l'accent fruité et ensoleillé, seul indice probant pour qu'on ne les confondît pas. Lucas abandonna l'animal qui s'était blotti contre sa joue et regarda son frère avec une stupéfaction interloquée. Joachim lui rendit la pareille, par une attitude symétrique. Charles, afficha alors un rictus malin. Les jumeaux étaient, bel et bien. Ils procédèrent, encore, à une nouvelle donne.

Aux balbutiements des préliminaires maladroits où la provocation affûtée s'était inscrite en fer de lance, se supplanta une vague de doute et d'hébétude. Quand ils s'étaient retrouvés en position identique, à l'image d'une paire de serre-livres largués sur une étagère de bibliothèque vide, ils s'étaient sentis, l'un et l'autre, arrachés de leur peau par un tourbillon de perplexité pour qu'on en habillât l'autre, et l'un. Tout à coup, comme si jusque là, elle n'avait relevé que du rêve ou du cauchemar, la vérité éclatait. Et les néons blancs du plafonnier exacerbaient la violence du constat. La similitude des voix et des portraits, pareille à une bombe à retardement, leur explosait en plein figure, domptant les jumeaux tels deux fauves mâles enfin assagis.

Joachim et Lucas, émergeant de leur torpeur, se réveillèrent alors. Encore dubitatifs, presque aussi vaseux que l'homme qui sort de son lit en s'interrogeant sur l'heure et le temps qu'il fait dehors, ils se dévisagèrent longuement, appliqués à l'étude de ce reflet vivant. On ne sait pas quand ils l'admirent - si même ils l'admirent - mais à l'évidence le résultat de leurs observations tendait vers des lignes droites, parallèles, aux détails similaires. Peut-être celles de leurs yeux, de leur bouche ou de leur nez, sur lesquelles se répercutait l'apaisement notoire et qui en offrait une lecture frappante. Charles savoura intérieurement son conte de fées qui se matérialisait ; il était une première fois, Lucas et Joachim…

Manifestement et faute de mieux, un consensus allait lier les deux frères. Comme s'il hissait un drapeau blanc au faîte de son angoisse, Joachim décocha un sourire franc, face auquel la diplomatie eut fait triste mine. Lucas porta la main à sa poitrine, soupira profondément, pris en flagrant délit du génocide des nœuds intempestifs qui brouillaient les ondes de ses émissions affectives. Les garçons se regardaient sans broncher, empreints d'une timidité survenue à leur insu. Quelque chose de pas naturel planait encore, bien sûr, mais tôt ou tard, le vieux Sordec le devinait au travers des mimiques volontaires, le cadenas des verrous céderait sous l'influence des besoins et des envies ultimes.

Les chiens s'étaient couchés sur le carrelage froid. En les montrant en exemple du doigt, Charles proposa de les imiter. Chacun gagna sa chambre, refuge chaud et doux pour laisser passer, en les affrontant le moins possible, les méandres de la nuit.

Sur la table, le verre de gin était resté plein.

# 17

Un filet vaporeux dansait au-dessus d'un bol de café brûlant sur les bords duquel étaient penchées les lèvres de Charles. Un cigare d'une taille effrayante se tenait en équilibre sur l'arête du cendrier sali de la veille qu'il s'était juste limité à vider. La cuisine empestait, imprégnée d'une sale odeur de vieux tabac froid et de mauvais relents d'alcool. Le ciel bas et chargé d'une pluie menaçante recouvrait le parc comme un duvet grisé par défaut d'entretien. Déjà, les chiens courraient à bride abattue sur les pelouses et les allées. Normalement, Joachim et Lucas dormaient à l'étage dans des chambres adjacentes.

La montée d'escalier débouchait sur un étroit couloir sombre, habillé d'un côté de panneaux de lambris usés, et de l'autre, d'une moquette murale de couleur rouille criblée de tâches de moisissure dues à l'humidité de la maison. On comptait cinq portes, deux à droite, deux à gauche, la dernière au fond qui faisait angle avec de nouvelles marches en boiseries élimées, construites en colimaçon et qui permettaient d'accéder aux combles. Toutes les pièces s'ouvraient sur des chambres à coucher sauf la cinquième qui abritait une salle de bains vétuste et la cuvette des toilettes.

Dans leurs lits adossés au mur, enfouis sous les draps et les couvertures, la tête enfoncée dans un oreiller de plumes, les jumeaux chassaient les fantômes à grand renfort de coups de pied et de bras lancés dans le vide. Des tics nerveux déformaient leur visage comme une pâte à modeler triturée.

Les épaules saillantes enroulées dans un vieux plaid effiloché qui donnait l'impression d'avoir traversé des générations de Sordec, Charles descendait des litres de café. La semaine qu'il venait de vivre lui avait remué le sang, lui infligeant une torture aussi pernicieuse que si elle s'était gratuitement amusé avec son cœur usagé. La mélasse de ses souvenirs renfermait une telle putréfaction nauséabonde qu'il s'était toujours gardé d'en soulever le couvercle. Fatigué et pétri de remords, l'épreuve de la remontée des événements en surface lui avait asséné une gifle monumentale qui lui laissait sur la conscience des traces d'ecchymoses douloureuses. Il pensait aux garçons, à ce destin si singulier qui leur avait ôté trente années d'eux, la charpente d'une vie. Charles ressassait une culpabilité accrochée à ses tripes comme une moule endormie à un rocher. Le raz-de-marée provoqué par l'agitation de la mémoire réveillait aujourd'hui le mollusque.

Joachim arriva le premier à la table du petit déjeuner. La figure encore froissée, témoignage de son combat nocturne, il déposa un baiser sur la joue de son père adoptif. En retour, Charles le gratifia d'une petite tape sur le menton rugueux. Des cernes noirâtres creusaient les orbites des yeux, accentuant le gonflement des pommettes. Les cheveux ébouriffés, la barbe drue en broussaille et le polo chiffonné qui tombait sur un caleçon mal ajusté lui conféraient une allure de misérable hère déboussolé. Lentement mais sans précautions particulières, il fit glisser la lame brillante d'un couteau dans les flancs farineux d'un pain de campagne, puis beurra une enfilade de tartines à croire qu'il n'avait plus mangé depuis l'âge de sa dernière poussée d'acné. Charles le considéra un instant, secoua la tête de dépit et repartit aussitôt dans ses abysses si discrètement que Joachim ne devina rien de ses remous inquisiteurs.

Le jour commençait à poindre. Avec la luminosité croissante, Charles pressentit l'apparition du révélateur de ce portrait de famille truqué. Une crainte armée d'épines tranchantes trimbalées dans le flot du sang en crue écorchait les parois de ses veines au fur et à mesure de leur progression. Les tourments sous-jacents depuis trois décennies qu'il se représentait en régiment de diables aux fourches dardées sur lui se formaient désormais en bataillon. Certes, il avait laissé la situation en l'état, jamais il n'avait cherché à rapprocher les jumeaux pas plus qu'entrepris de démarches pour s'enquérir du devenu d'Annabelle. Oui, comme elle l'avait souhaité, leur mère, il avait toujours avoué la vérité à Joachim, mais il s'était contenté du strict minimum, trop peureux d'un envisageable départ de son fils, mal assuré face à la gestion des réactions probables. Tranquillement, il s'était comporté en homme égoïste, heureux dans cette maison, refusant de voir plus loin, goûtant avec satisfaction son plaisir de père derrière des volets tenus délibérément clos. Pourtant, ce n'était pas faute d'avoir songé souvent à Annabelle et à Lucas, ni même d'avoir tant espéré la réunion de tous. Mais rien de plus. Comme une dent cariée qu'on laisse pourrir, il avait laissé le temps couler trop longtemps jusqu'à la survenue de l'abcès. Et ce matin, il se débattait contre les pointes aiguës et implorait le pardon à ses voraces persécuteurs.

Lucas éclata d'un rire tonitruant quand il pénétra dans la cuisine en voyant les grimaces de Charles somnolant sur sa chaise, la cendre de son cigare tombant dans le bol de café. Le vieux Sordec, dans un sursaut de spasmes, sortit de son mauvais rêve, encore frappé d'inquiétude. Joachim se retourna vers son frère à peine accoutré d'un tee-shirt et d'un slip. Tous à leur manière, sous l'effet mélangé de stupeur, de plaisir ou de méfiance, ils déchargèrent une telle dose d'adrénaline que l'infection des excès de tabac de la veille en devint presque imperceptible. Lucas s'assit à la table et prit part à la collation.

Avec une admiration insatisfaite qui se répétait tous les matins, Lucas dirigea son attention sur la tête du serpent tatoué qui semblait quémander un peu d'air à l'échancrure du plaid. La langue du reptile remuait sous les assauts de la poitrine de Charles dont la respiration se signait de façon expressive. Subjugué à chaque fois qu'il croisait le dessin saisissant, il se vouait littéralement à sa contemplation, envieux de la marque déposée, incliné aussi devant la perfection de la reproduction. Souvent, il avait senti grandir en lui une sorte de démangeaison proche du désir, pareille à une invitation à s'approcher et à toucher le tatouage sans même en avoir préalablement sollicité l'autorisation du propriétaire ! La pudeur n'était responsable de rien dans l'interdiction du geste, mais simplement il n'osait pas, comme retenu par la tentation même. Cependant, à force de cet empêchement frustrant, cause d'une excitation aussi envahissante qu'une invasion de poux, il déviait l'acte à commettre vers une sublimation érotique. L'espèce d'attirance contenue depuis quelques jours pour cette image incrustée dans la peau muait désormais en fantasme sobre, celui de caresser la tête du serpent. Il s'en fit sur-le-champ le gage d'une quelconque promesse bafouée, un prétexte à n'importe quoi.

Joachim interrompit enfin l'état de torpeur qui engloutissait son frère quand il lui céda la moitié des tartines beurrées. Ensemble, ils mordirent dans le pain, dévorant comme deux chenapans affamés si bien que Charles assista à une étonnante course effrénée d'appétits barbares. Il crut aussitôt à une tentative d'accalmie des relations houleuses dans l'ouverture de son fils jusqu'à ce qu'il distingue son œil prudent vissé à l'intention de Lucas. Il constata alors, désolé, que la partie des hostilités engagée entre les jumeaux ne faisait vraiment que commencer. Charles ralluma son cigare éteint et se mit à parler de la pluie et du beau temps. Volontairement, il se confondit en banalités, obligeant les garçons à se défaire de la conversation désuète. Tandis que ces derniers avalaient bouchées sur bouchées, agacés par l'envolée insipide de leur hôte, Charles s'adressa plus précisément à Lucas pour lui demander pourquoi il n'avait rien dit d'Annabelle depuis son arrivée.

# 18

Parce qu'elle était morte, par un bel après-midi de début juin.

L'évocation soudaine d'Annabelle ébranla violemment Joachim. Depuis si longtemps qu'il avait occulté le sujet, enterré le personnage et son symbole, le retour en trombe de sa mère résonnait comme un battant contre l'airain d'une cloche. Tout un cortège d'émotions suivit le vacarme en tambourinant.

Ce jour-là, quand Lucas était rentré du lycée, le soleil brillait tellement qu'on aurait pu imaginer qu'il procédait à des essais avant l'été. On croulait sous la chaleur des rayons mais il ne serait venu à l'idée de personne de s'en plaindre. Chacun goûtait au plaisir de ces brûlures prématurées qui titillaient la peau comme une eau de Cologne forte et parfumée. Les abeilles se régalaient du pollen frais des fleurs ragaillardies, les coccinelles prenaient leur envol perchées en haut de brindilles, les papillons tournoyaient gaiement au-dessus des tapis de pâquerettes, les guêpes se mettaient en quête d'un point d'eau et les fourmis amassaient déjà. Tout ce peuple microcosmique nous confortait dans nos espoirs d'installation de la saison estivale. On se sentait heureux, sans doute l'était-on. Les gens distribuaient des sourires aussi larges que leur visage, comme des offrandes.

Parce qu'elle était morte cet après-midi là, Lucas se tut, exactement comme il l'avait fait ce jour après le lycée quand la maison lui avait parue désespérément vide. Ca arrivait parfois, bien sûr, lorsque Annabelle était sortie mais une ombre floue, une clarté différente d'origine imprécise et impalpable planait dans l'atmosphère. Cette sensation étrange, Lucas ne l'avait pas imputée à l'euphorie de la belle saison avancée, au contraire puisque de menus frissons s'inscrivaient en chair de poule sur les bras de l'adolescent. Une certitude le taraudait, celle du refus de croire à l'absence de sa mère. Il l'avait appelée d'abord, parcourant les pièces une à une, sans succès. Logiquement, il s'était dirigé ensuite vers le jardin. Et puis, sa voiture était normalement garée au bout du chemin.

Il redressa la tête et regarda Joachim qui tenait encore sa tartine dégoulinante au bout des doigts. Sentant dans l'attente de son frère la nécessité de la fin de sa pause, Lucas reprit à l'endroit de son retour du lycée.

Si d'aventure Annabelle était partie faire une course ou rendre visite, elle aurait laissé un mot griffonné à l'intention de son fils. Et tout rangé aussi. Elle aimait l'ordre des choses, la place de chacune. Il lui fallait du net, du propre. Jamais une trace sur la porte des placards. Jamais une goutte oubliée sur la paillasse de l'évier. Comme un indice irréfutable, Lucas avait remarqué une relative négligence abandonnée en l'état.

Après avoir fouillé la maison de fond en comble et n'y avoir pas trouvé sa mère, il avait donc orienté son enquête en direction du jardin. Quand il y avait accédé, il n'y avait vu que l'été, grandiose et flamboyant. Sous l'agitation frénétique de ce petit monde d'insectes affairés à produire, à prévoir, à vivre et à survivre, se déployait un spectacle magnifique. Des massifs de fleurs aux variétés multiples et aux coloris mélangés fardaient des carrés d'herbe irréguliers. Plantés aléatoirement, comme pour dissimuler la main de l'homme et doter l'espace d'une note sauvage, deux thuyas, un pin bleu et un sapin s'élevaient en flèches tendues vers le ciel. Au milieu des résineux, mis là dans un esprit de diversité, on découvrait aussi un catalpa, une herbe de la Pampa, un figuier dégingandé ainsi qu'un pied de bambou si chétif qu'il semblait réfractaire aux soins prodigués. Plus loin, une famille d'oliviers tenait compagnie à une paire de cerisiers qui ressemblaient à des parapluies ouverts.

La gorge se séchait au fil de la narration. La voix éraillée ne distribuait plus qu'un discours troué dont les syllabes confisquées rappelaient l'image d'un pull-over livré à la gourmandise des mites. En même temps qu'il apportait ce décor dont il avait besoin pour progresser, morceau après morceau, il se mit subrepticement à éplucher l'album de ses photographies d'enfant. Désormais devenus obsolètes pour la plupart, aussi vieillis que démodés, les clichés qui lui revenaient en cascade s'associaient à des anecdotes desquelles les nombreuses années égrenées n'avaient préservé que le caractère forcément heureux. Lucas ne connaissait rien à la rancune, ça n'appartenait pas à la palette de ses humeurs. Tout juste vis-à-vis de Dolcita opérait-il un détachement qui l'éloignait de sa grand-mère chaque jour davantage. Mais Annabelle avait souffert également de la situation, certainement plus que lui, et il pensait depuis fort longtemps que la source du mal ne lui incombait pas. Ce que ces derniers jours lui avaient appris sur sa mère le confortait dans sa position. Aussi, tandis que sa mémoire offerte se promenait dans le jardin, il errait mélancolique au cœur de la nostalgie de ses heures tendres et révolues.

Charles mordait avec acharnement dans son cigare coincé entre les dents, peut-être parce qu'elle était morte cet après-midi là, ou parce que Lucas avait choisi de commencer par cet épisode pour parler de sa mère. De temps en temps, il jetait un coup d'œil rapide sur son fils. Joachim ne bronchait pas. Il maintenait son attention au plus haut degré, quoique excédé par les arrêts intempestifs et répétés qui ponctuaient le discours de son frère. Il se taisait cependant, ne montrant rien de son irritation. Pourtant, comme Charles, il aurait aimé des présentations avec Annabelle vivante. Dans l'absolu évidemment, dans l'aujourd'hui voire le toujours. A peine flirtait-il avec les prémices d'une approche de sa mère que déjà on la lui avait enlevée. Mais au-delà, outrepassant la véracité de cette injuste déchirure, pourquoi Lucas focalisait-il sa narration sur ce chapelet de détails morbides ?

Parce qu'elle était morte cet après-midi là, que ce souvenir l'avait marqué à vif comme une scarification au fer rouge sur chaque centimètre de sa peau, bien plus que n'importe quel autre. Depuis ce jour, inéluctablement, dans toute circonstance, s'il était amené à se rappeler sa mère face à un quelconque public, sa mort s'inscrivait en point de départ de sa vie.

Tant pis pour Joachim qui ne l'entendait pas de cette oreille.

Elle était allongée à côté d'un parterre fleuri, la poitrine recouverte d'une brassée d'iris jaunes coupés qu'elle destinait probablement à la composition d'un bouquet.

Et sans aucun doute aussi, parce qu'il n'avait vu aucune touche sinistre dans le tableau. Au début si pourtant, quand il l'avait découverte gisant sans souffle sur le sol, Lucas n'avait pas voulu comprendre immédiatement. On n'accepte pas d'un simple claquement de doigts la perte de sa mère. L'évidence du décès ensuite l'avait asséné de sa signature quand le chagrin et la détresse l'avaient étreint si fort, à le broyer.

Joachim recevait les explications en arguments distillées par son frère sans leur accorder la totalité du crédit escompté. Il n'entendait que la macabre description d'un passage à trépas que même les fioritures d'un drap d'iris jaunes n'adoucissaient nullement. Engoncé dans ses convictions comme une enclume au fond de la mer, il n'opposa aucune protestation verbale, soucieux de l'inégalité du poids de son opinion mis en balance avec l'assurance de Lucas. En outre, une réfutation explicite de l'extrémisme de son jumeau à édulcorer le tragique aurait été empreinte d'un goût de compétition qu'il rechignait à aborder. Tout au plus, tenta-t-il de puiser dans l'expression de Charles quelque appui à son point de vue. Mauvaise pioche, son père se tenait suffisamment à distance pour éviter l'implication.

Ce fut pareil à un coup de tonnerre d'une puissance inouïe, une bourrasque capable de déraciner des chênes centenaires, un séisme dévastateur. Malgré les rayons du soleil en rut, il avait d'abord frissonné.

Puis sa chair s'était glacée comme après un attouchement avec la fin du monde. Il avait subi en pleine gueule le cataclysme, c'était bien sa mère qui était morte à ses pieds. Autour de lui, il n'y avait plus qu'un désert aride, des plantes brûlées et de l'herbe noire. Un vrombissement assourdissant en provenance de nulle part grondait comme une incarnation de la terreur. Cette sensation de désastre, imprégnée jusqu'à son insolubilité, s'était accrochée semblable à une tenture sombre de façon pernicieuse aux quatre points cardinaux de l'horizon. Lucas les pria alors de croire, décelant dans les mimiques de Joachim le signe d'une désapprobation dubitative à ses propos, que la scène ne s'était pas révélée aussi alléchante que ce qu'il avait l'air d'imaginer. Ainsi, ses grimaces le trahissaient tant, que son frère, par le chemin qu'elles indiquaient comme l'eût fait un fil d'Ariane, avait réussi à pénétrer les profondeurs de son esprit. Joachim avait oublié que l'identique de leur visage se propageait également dans ses déformations réactives. Charles ne dévoila aucune opinion revendiquée, aussi contenu dans sa réserve qu'un vieux mandarin muet comme une carpe et assis à la table des plaidoiries où se défendaient les doléances des deux parties.

Le sentiment d'ambivalence n'était apparu que plus tard quand Lucas était parvenu à chasser l'atroce bourdonnement et à déchirer la toile de grisaille. Doucement, les divers éléments avaient repris leur aspect d'origine. Même le soleil s'était remis à bander. L'humeur de l'adolescent s'était muée au fil de la métamorphose tranquille en un attendrissement dont il s'était surpris. Alléchante, leur avait-il déclamé sans sourciller pour traduire l'impression que recevait

Joachim de cette mort, alors que lui l'avait essuyée pareille à un attentat. Contre son cœur, contre ses émotions, contre ses souvenirs. Presque contre sa vie. Le cordon ombilical avait été sérieusement endommagé.

Passé l'ouragan destructeur et revenues les tendances estivales prématurées, Lucas s'était efforcé de se calmer un peu. Après qu'il eût récupéré quelques bribes de sagesse, ou à défaut, de raison, il s'était levé et avait reculé de trois ou quatre pas. De là, le tableau qu'il voyait avait présenté de nouvelles perspectives comme un hologramme selon l'angle d'où on le regarde. Il avait remarqué, alors, dans ce corps épinglé d'iris une touche d'esthétisme glissée avec la mesure soignée d'un peintre poète averti. Instantanément, il avait étiré ses lèvres en un franc sourire déclenché tant il savait qu'Annabelle et la poésie auraient concocté un ménage houleux. Et le voilà en spectateur ébahi d'une réconciliation in-extremis. A cette minute précise, il se serait peut-être senti heureux si la décence ne le lui avait pas interdit, indiscutable tabou enclavé entre son éducation truffée de principes mondains d'apparat et son âge trop jeune pour bafouer une si triste bêtise.

Parce qu'elle était morte cet après-midi là, il était demeuré penché sur son corps frêle, sans prévenir. Tous les deux seuls, avant qu'on ne la lui arrache et que tous viennent déverser leurs larmes et simagrées d'usage. Ces gens, des frères et des sœurs essentiellement, qui l'avaient aimée peut-être parce que leur éducation avait inculqué le sentiment comme une formalité normale. Ceux-là même qui avaient tenu les yeux fermés plutôt que d'affronter leur dragon de mère. Des autruches. Ces petits soldats marchant au pas commandé, étouffant tout désir de désertion, et qui conservaient, adultes, l'icône de l'ogre mangeant les enfants désobéissants. Impuissants, jeunes quand ils avaient assisté aux massacres psychologiques, impuissants ils étaient restés sans seulement sans rendre compte. Alors non, Lucas n'allait pas leur lâcher Annabelle si vite pour qu'ils puissent une fois de trop faire la démonstration de cet amour de courtoisie auquel, toutefois et hélas, ils croyaient dur comme fer. Il ne les aimait pas, c'était son rendu exact de leur pièce sauf que lui savait ce qu'il remboursait. Et il persistait à ne pas appeler ça de la rancune.

Lucas cessa net de parler. Il serrait ses poings sur la table comme s'il étranglait la colère qu'il venait de débiter d'un trait. La hargne l'avait empoigné, raccommodant le tissu de son discours. Il s'excusa toutefois pour cet emportement subit, considéra que ça ne servait à rien. Il mentait mais il jugea que ce n'était pas très grave tant que ça lui faisait du bien. Annabelle avait mis du soin et pris un réel plaisir dans l'agencement du jardin quand elle avait fait l'acquisition de sa maison que c'était lui rendre justice que de ne pas l'avoir ouvert aux pleureuses dans la précipitation et la hâte.

A force d'écouter son frère se répandre en blasphèmes laïques, Joachim arriva à la conclusion de son manque quasi irrémédiable d'équilibre. Il gagea aussitôt qu'il s'agissait sans doute d'une marque de famille, comme un poinçon certifiant l'authenticité d'un bijou. Un tel degré de perversité, de flirt sans concession avec l'insoutenable abomination lui suffit à extraire des questions harcelantes celle qui désignait Lucas comme fou admissible ou inadmissible. La réponse, quelle qu'elle soit, cingla son esprit comme un coup d'épée brutal en le rappelant à sa constitution de semblables gênes. Serait-il fou aussi ? Seraient-ils fous ? D'où provenait cette aliénation sinon de la cicatrice de l'écorchure de leur séparation ? Joachim faillit couper court au déballage des inepties déblatérées par son jumeau jusqu'à ce que ce trouble incongru et inattendu s'incrustât soudainement pareil à un pique-assiette indésirable.

Que sa version de l'événement déplût à Joachim entrait dans le cadre de l'audible mais ça n'empêcha pas Lucas de proclamer haut et fort que ce fut une jolie mort. Une jolie morte. Parce qu'elle était belle, Annabelle, cet après-midi là. Elle dormait, traits reposés, les paupières mi-closes sous son bouquet d'iris éparpillés. Sa peau bronzée, déjà mordue par les rayons du soleil, sous les caresses des doigts de Lucas, témoignait de sa douceur maternelle. C'était du papier de soie, du satin des écrins. Au travers des cils à peine rapprochées, semblables à des persiennes ajourées, Lucas avait presque pu la regarder dans les yeux pendant qu'il lui parlait. Comme une voix qui le lui aurait murmuré au creux de l'oreille, il se réconforta de cette idée qu'elle continuerait à veiller sur lui par ce regard que le relâchement des muscles n'avait pas caché. Alors, ainsi rassuré, il avait divagué tout à loisirs. Il lui avait raconté le soleil excité, son linceul singulier mais si beau, sa peau douce. Cent fois, il lui avait répété les mêmes phrases, les mêmes compliments, les mêmes promesses. A sa manière, il avait profité d'elle comme une liqueur bue jusqu'à la lie. Il serait bientôt trop tard, sinon. Quand la smala débarquerait en trombe, mouchoirs sortis en avant pareils à des étendards, il savait qu'il la perdrait définitivement. Aussi, avait-il décidé que l'heure de la séparation, échéance des adieux fermes et obligés, n'avait pas sonné. Avec une tendresse imperméable à toute effraction, il s'était recroquevillé dans une exceptionnelle intimité avec sa mère à s'approcher au plus près du goût exact du bonheur. Le paradoxe atteint avait rehaussé d'une saveur particulière l'extase troublante mais sublimée de cet espace hermétique.

Mais où se nichaient donc les aspirations de Joachim quand il s'évertuait à tancer son frère en réponse à sa vulgarisation de la description ? Tout portait à croire qu'il eût préféré une retranscription plus dramatique. Jamais Lucas n'avait eu l'once d'un soupçon de cynisme imaginé en rassemblant les détails de cette tragique journée. Il n'avait rien essayé d'édulcorer ou même usé de racolage pour susciter de la compassion. Au plus juste il avait rapporté les sensations et les émotions qui l'avaient saisi comme un étau, sans tricherie ni polissage. Annabelle était morte ainsi, dans la plus stricte vérité d'un après-midi de soleil radieux, le corps enseveli sous une brassée d'iris. Que diable Joachim attendait-il d'autre ? Un décor semé de perfusions, de blouses blanches et de bouteilles à oxygène ? Eh bien non, ni coma, ni hôpital ! Et ne fut-ce pas finalement préférable puisque le projet de retour à la vie n'avait pas existé. Elle était morte de toute façon. Lucas n'avait décidé de rien, nulle mise en scène n'avait été élaborée. Bien sûr l'aspect du décès s'était situé assez loin des schémas plus traditionnels. Annabelle et Lucas n'avaient pas connu la froideur d'un lit métallique, le bruit du stylo qui martèle la feuille de température accrochée dessus, les plateaux aux heures des repas inflexibles et trop rapprochées quand l'appétit s'était fait la malle. Elle n'avait a priori pas souffert, au pire moins qu'en subissant un acharnement thérapeutique pour des clopinettes. Il ne l'avait pas vue amaigrie, affaissée, le dos tapissé d'eschares, les cheveux disparus et le visage déformé par la douleur. Il n'avait pas veillé ce qui serait resté de sa mère, des membres affaiblis, des mains glacées, des yeux convulsifs. Il n'avait pas assisté au pitoyable tableau de l'impuissance à s'accrocher aux draps comme à un jour ou deux supplémentaires implorés et suppliés. Merde, répéta-t-il en hurlant à l'intention de Joachim, des iris jaunes et du soleil ! Quoi de mieux ?

Moins de lyrisme et de poésie. Davantage de pudeur. Vraisemblablement Lucas l'avait oublié, mais Annabelle était aussi la mère de Joachim tandis qu'il la lui avait présentée morte, sans la plus infime précaution, avec une mare profonde d'informations, débordante de sordidité. Lui, si excité à l'idée de ce jumeau nouveau, si épris de devenirs à deux pareils à des communions, s'était abandonné au parfait égoïsme le plus naturellement du monde. Une discorde s'immisça tout à coup dans les certitudes de Lucas comme un dilemme aussi difficile à vaincre qu'un mur de béton, haut et épais. Si Joachim était le frère inespéré, incitateur d'un avenir différent mais désormais fermement promis, fallait-il qu'il fut pour autant le fils puisque Annabelle n'était plus, en dépit de cette gémellité irrévocable et forcément annonciatrice d'une destinée folle ?

Lucas alluma une cigarette, se tordit le cou en arrière et fixa le plafond. Et comme il l'avait fait cet après-midi là, il pleura des larmes grosses et trempées. Parce qu'elle était morte.

## 19

A la surprise générale, tant les esprits captés demeuraient sous tension, une pluie torrentielle s'abattit, aussi drue que celles, artificielles, qu'on voit tomber pendant les enterrements de cinéma.

Puis ils étaient tous arrivés, aussi soudainement que cette averse comme une incursion dans le huis clos des trois hommes, Dolcita en tête, soutenue par ses fils dressés en tuteurs d'une plante sèche. Lucas avait fini par prévenir et leur remettre le corps de sa mère, définitivement. Il s'était borné à n'y entendre qu'une livraison, mais les relents de la déchirure se révélèrent davantage acides qu'à la fermeture, ultérieure, du cercueil. De cette journée, tant ensoleillée qu'indélébile, Lucas avait conservé une image particulière, souvenir culminant au-dessus des autres, nombreux ; Annabelle était belle cet après-midi là.

Il pleuvait toujours, avec une férocité exceptionnelle. Les gouttes tombaient de plus en plus grosses, presque des louches remplies à ras bord. Chacun se taisait, tapi au fond de lui-même, à l'affût du vacarme des caprices du ciel qui couvrait au plus sensible du cœur le brouhaha des Albancé en banc réunis. Dans la confusion de l'hier et de l'aujourd'hui mêlés, et s'il ne s'était agi que de larmes occultées ou ignorées, enfin épanchées après une trop longue soif ? Ostensiblement, le tout possible s'ouvrait inexorablement béant et offert, mais fait était que les chiens de Charles, rincés aux os, multipliant les trépignements impatients, réclamaient sans relâche à s'abriter.

Aussitôt qu'ils s'engouffrèrent à l'intérieur, les molosses s'employèrent à une expression de joie démesurée, tranchante. De concert, ils s'ébrouèrent avec une énergie turbulente en tournant autour de la table, tandis qu'ils accompagnaient les torsions de leurs flancs de gémissements satisfaits. Savamment ou instinctivement, ils détournèrent les attentions, tendant vers l'extrême de l'excitation, ravis de la réussite de leur entreprise. Emportés par l'effervescence récréative, tels deux chenapans indisciplinés, ils prétextaient le jeu comme un aval reçu pour toute bêtise à portée de gueule. Quand le plus robuste des garnements à quatre pattes s'empara sans précaution de la marionnette d'Olga abandonnée sur le sol. Les crocs solidement arrimés à la tête percèrent le vernis du bois. Joachim hurla avec une rage si peu commune qu'on pût croire qu'il allait vomir ses cordes vocales. Un coup de semonce, brutal et sec. Un son net, sans appel. Un bruit sourd. Identiques. Celui du couvercle qui cogne une seule fois, première et ultime, l'arête du cercueil. Clos.

Joachim arracha la tête de la marionnette gluante et écaillée à la mâchoire de l'animal. Sous le goutte à goutte du robinet, il nettoya la salive ainsi que les débris de vernis collés. Sournoisement, l'eau s'infiltra sous la couche brisée transformant sur son passage les dessins peints de la bouche et des yeux en un sale gribouillage ; une étincelle à la poudre de la colère de Joachim. Comme un gamin mal élevé, il profana tout un chapelet de jurons, envoya quelques coups de pieds dans le meuble de l'évier. A la lisière de l'absurde, il singeait à merveille et avec sa facilité légendaire, sans obligation d'excès sur le trait, les caractéristiques de sa profondeur juvénile excédante. Sans prendre la peine de se retourner, en témoin d'honneur à perpétuité, Charles se mura dans sa désolation, son regret d'une éducation manquée. A chaque fois que Joachim puisait dans le registre de l'enfantillage, autant par ses extravagances facétieuses d'obscurantisme à la réalité, que par les saignements chroniques des écorchures de son âme, le vieil ours en endossait l'entière culpabilité. Il prenait à son compte le traumatisme, déroulait comme une bobine de pellicule l'inclinaison de cette vie en se demandant où se situait cette maudite erreur de script, celle qui avait atrophié les désirs d'adulte de son fils adoptif. Comme une pègre récurrente, les sempiternelles questions s'agitaient en essaim désordonné de diablotins. La faille ne se dénonçait pas et les petits monstres jouissaient toujours mieux des stigmates aggravant la torture de Charles.

Alors qu'il s'évertuait à frotter la marionnette avec le torchon à vaisselle froissé qui traînait sur la pierre blanche de telle sorte qu'il propageait davantage les dégâts de la peinture étalée sur la tête, Joachim se forçait à tempérer l'ardeur dépensée à sa crise. Tout juste n'avait-il pas pleurniché s'il n'eût pas craint d'attenter à la crédibilité de son improvisation. Le simulacre avait été bien joué jusque là, probablement trop pour qu'on n'y décelât pas un fond de vérité. Charles n'était pas dupe, il savait pertinemment. Et Joachim aussi. Cependant, l'un comme l'autre encore devinait que le fleuve des simagrées à ce point d'outrance grossi émanait vraisemblablement d'une source plus modérée mais bien réelle. D'où les tourments en cascades, exacerbés de Joachim et lancinants de Charles, propre des ressentis tenaces respectifs dont il restait pour chacun à convaincre Lucas. Le jeune homme, singulièrement à l'aise en slip et tee-shirt en dépit de la fin de matinée et malgré la joute engagée entre ses deux acolytes, ne soupçonnait rien du trafic de sentiments qui s'affranchissait en toute impunité. Loin de lui l'idée d'une comédie aussi élimée que fabriquée, à la trame éculée si souvent répétée qu'aucun mot n'en sonnait faux, jamais. En acteurs accomplis, fouillant dans l'intarissable thématique de la crédulité frelatée, Charles et Joachim se fourvoyaient dans leur entêtement à repousser toujours les limites. Les mots importaient peu, l'essentiel des répliques se construisait dans les attitudes et les postures. Généralement ils ne s'atteignaient pas. Balles à blanc. Parce qu'ils ne croyaient simplement pas ni en leurs salves, ni en celles du rôle répliquant. Cette négation servait de bouclier. Et d'eau au moulin tout autant. Ne pas croire ne niait pas l'espoir réciproquement cultivé d'une éraflure, d'une meurtrissure, si bien qu'ils en dépassaient souvent le stade du jeu. L'acharnement qui les maintenait plus en attaque qu'en défensive les conduisait sans faillir au plus près du précipice. A l'origine de cet affrontement d'une certaine manière consensuel après tant de termes échus, du désespoir d'abîmer l'autre, ils ne remontaient pas. Silence. Trop dangereux. Plus douloureux peut-être si plus de douleur. Comme une souffrance jalousement gardée à ne surtout pas partager. A la place, confinés dans l'abstraction névrotique des maux dits, ils soutenaient le défi jusqu'à la lassitude épuisante dont ils ne récoltaient nul fruit, amer ou sucré. Tant pis, il fallait cependant qu'ils s'usent d'abaissement à résorber une dégénérescence, affective à défaut d'être génétique.

D'abord, l'exercice ce jour-là s'était révélé exceptionnellement jouissif. Il y avait un public, Lucas. Les protagonistes en avaient caressé l'extase si proche s'ils n'avaient été interrompus par la seule et vraie victime du tour, le dindon de la farce, sa naïveté. Lucas n'avait constaté qu'un caprice stupéfiant de son frère pour une marionnette détériorée, et la réaction adéquate de consternation de Charles. Il s'était pris de compassion, objectif en vue. Pas d'horreur, objectif raté. Il n'avait pas participé de la façon escomptée par son jumeau, il s'était juste levé et approché de lui ce qui suffit à déstabiliser l'assurance de ce dernier. A cet instant, Joachim se vit tomber de son piédestal, socle avéré alors fragile, cassé par le seul souffle de son reflet.

Il se tenait appuyé à l'évier, les mains presque scellées à la pierre. La tête penchée en avant, Joachim serrait les paupières interdisant sa présence au monde. Lucas se rangea tranquillement derrière lui, posa ses paumes sur les épaules tout en calant ses doigts dans les salières creuses et tendues pareilles aux peaux des tambours. Pétri d'hésitation et de surprise, Joachim ne broncha pas. L'émotion reçue par inattention le balançait entre le laisser faire et le refuser en bloc. Charles regardait les enfants, déjà heureux, prématurément. Lucas, par légères pressions, massait les muscles du cou. Lentement, il posa son menton sur le faîte du crâne. En un précieux geste, il glissa le long des cheveux en prenant soin de s'enfoncer dans la douceur de l'épaisseur. Puis les lèvres effleurèrent la soie brune. Tout le poids de son corps reposait sur le dos de son frère quand il l'embrassa sur le sommet de la tête. Joachim avala des litres d'air. Il contracta au maximum ses omoplates et rejeta son cou en arrière si violemment qu'un filet de sang coula au nez de Lucas. Il se dégagea de l'étreinte imposée et attrapa la marionnette dans son torchon enveloppée. Quatre à quatre, il escalada les marches de l'escalier, claqua la porte de sa chambre et enfouit sa poupée dans le lit poussiéreux du toit de l'armoire où il l'oublia. D'en bas, on n'entendit plus rien. Que les syllabes étranglées du prénom de Lucas crié à l'arraché. Appel au secours.

# 20

Il se passa des heures, des jours, des mois, des années. Le temps impalpable ne s'inscrivit plus aux pendules que ni Joachim, ni Lucas ne lisait plus. L'écorce de leur vie muait. Une peau neuve, irriguée du même sang, légère et inhabituelle, habilla leur chair comme un gousset, à l'intérieur recroquevillés. Bientôt, ils allaient naître enfin, débarrassés et ensemble. Il ne se passa, pourtant, qu'une fraction instantanée d'éternité. Une nuit. Blanche, lumière des néons, salle d'accouchement.

On ne sut pas grand chose de ces quelques heures d'éclosion. Les papillons s'extirpent toujours de leur chrysalide au secret des regards. Au mieux, d'après le grincement des portes et le craquement des boiseries, on devina que l'un ou l'autre, une fois ou deux, était descendu. La faim, la soif, l'envie de tabac les avaient poussés à crever la bulle d'osmose. Que des échappées brèves, rares.

Charles avait vaqué. Ignoré. Puis le lendemain matin.

Le soleil avait chanté le premier, assommant tous les coqs probables à la ronde de stupéfaction et de honte. Une brume dense écrasait le parc jusqu'à l'horizon. L'odeur de la terre encore mouillée en proie aux rayons pâles fleurait bon le printemps à venir en distillant une impatience adolescente à pénétrer ses dates. Le vieux Sordec s'était laissé happé par une humeur guillerette peu coutumière. Il pétillait comme une flûte de champagne à l'éclat de la lumière. A l'étage, les garçons dormaient encore, supposait-il. Ce fut un matin d'orfèvrerie délicieuse, un bijou serti sur un ruban d'or tel que s'annonçait ce jour comme une offrande épargnée du renoncement du sacrifice.

Les plis authentiquement faux des oreillers et des draps mélangés, aussi aux fragrances suaves, à une agréable douceur fétide, témoignaient du siège des débats. D'ébats. Au creux des essences parfumées, dans les sillons du tissu, ceux dont on garde au réveil la sculpture sur les joues, séchaient déjà les tâches de sang laissées par un visage vautré. Lucas, au cœur de l'encens enivrant, s'était coulé à l'évidence.

Par terre, il trouva des verres renversés, une bouteille de gin vide, un cendrier outrageusement plein, des emballages de chocolat, une boîte d'aspirine. Charles avait frappé à la porte, insisté longtemps, n'obtenant pour toute réponse qu'un silence qui le forçait à prolonger un exil provisoire. A travers les claires-voies des persiennes, l'aube parvenait comme une voyeuse calfeutrée à s'immiscer dans la pièce pour souligner les reliefs du lit. Enclin à une curiosité effrontée, Charles dressa un inventaire des traces de l'intimité dérobée, signes d'une orgie de complicité affective dépourvue de prohibition. Il n'y avait que lui d'interdit, et son intrusion. Il regarda chaque objet en détail, imagina son histoire. Celle de la nuit, d'eux, des verres, de la bouteille, des cigarettes. D'eux deux, ensemble et aussi. Il se dégageait du tableau, par l'aspect naturel irréfléchi de la disposition des choses, par les senteurs acides du consommé, un franc caractère de liberté. Comme un flagrant délit constaté à retardement, il apparaissait aux yeux de Charles qu'ils avaient mordu dans l'instant sans compter, qu'ainsi ils l'avaient transformé en éternité à perpétuité. Aucune parcimonie ne semblait avoir raisonné la tentation, ni régulé leur satiété. Charles devina la gourmandise, telle une sirène enchanteresse, attisant les sens des jumeaux soumis à sa servitude, convaincant par ricochet des pupilles aux papilles. Le brave ours, un peu dépassé et surpris, opérait une sorte de transfert, superposant ses désirs inassouvis, bien au-delà du fantasme proprement défini, en subodorant les actes et les paroles échangés ici. Le trait aussi jovial qu'exceptionnel de son humeur matinale assurait le garde-fou de la frustration subite de n'avoir pas participé aux festivités terminées. Dans ce couvert à desservir, à l'image de la table d'un banquet oubliée en l'état après les redondances, Charles se borna à ne repérer que des notions de plaisir, émanations de la débauche incarnée. Il ne pouvait l'entendre autrement, ce fut la seule raison qu'il invoqua pour justifier son exclusion des voluptés. Il plaidait victime. Petit à petit, sa gaieté rare se métamorphosa en expression taciturne comme si enfin il retrouvait son état d'esprit naturel. Dès lors qu'il se reconnut mieux, auréolé de sa faiblesse, ses remords et ses regrets soupesés dans chaque main, la mine blasée et le cœur acariâtre, tous les contours de son endroit se révélaient à sa suspicion. Les jumeaux, la chair de ses chers, forcément l'avaient trahi. Il s'entendait raillé de leurs voix accordées. L'air de la chambre devint nauséabond. Tout désormais ne relevait que du commettre volontaire comme si la moindre innocence avait été délibérément, et contre lui, assassinée. Il voulut comprendre, savoir. Il chercha des indices pour remonter la piste. Il ramassa les verres, observa les empreintes des lèvres sur les bords, compta les mégots dans le cendrier. Avaient-ils partagé les cigarettes, bu au même verre, au goulot de la bouteille ? Avaient-ils croqué ensemble le chocolat ou l'avaient-ils au préalable séparé en morceaux ? Quels souvenirs avaient-ils évoqués ? Charles avait-il été mis à l'honneur ou bafoué ? Mis à l'index ? La jalousie l'étrangla, insoutenable et dévorante. En même temps qu'il ouvrit la fenêtre, de nouvelles questions encore déferlèrent en un imperturbable torrent de boue, l'enchaînant à sa paranoïa maladive. Et si, couchés l'un avec l'autre, Joachim et Lucas avaient mélangé leur sexe ? Alors, tandis qu'il poussait maintenant les volets vers l'extérieur, n'ayant en tête que le désir intense d'y voir clair, la lumière jaillissante emplit la chambre.

Mais l'enquête demeurait entière. Le lit des jumeaux était vide. Dehors, d'une extrémité à l'autre du parc, sous ce soleil magnifique, les chiens se coursaient, insouciants et légers, vraisemblablement heureux.

# QUATRIEME PARTIE

## 21

L'aubaine, ce fut quand la pluie cessa dans le tunnel le plus noir de cette nuit de charbon. Jusqu'aux portes de la voûte, ils l'avaient entendue fracasser le bitume sans répit. Ça ressemblait à ces orages méridionaux qui rugissent à la fin de l'été et donnent l'impression que la foudre va s'abattre à tout instant à vos pieds. Mais ils n'avaient croisé ni tonnerre, ni éclair. Que de l'eau, par seaux entiers, qui cinglait impitoyablement les obstacles sur son passage.

Depuis combien de temps Joachim s'était-il endormi ?

Epuisé par l'ondée redoutable dont il avait cru à chaque seconde que le ciel allait s'effondrer avec elle, Lucas avait proposé de marquer une pause. Quand il s'était retourné vers son frère, avachi sur la banquette arrière, il l'avait découvert abandonné, les yeux clos, les traits du visage lissés. Subitement gagné par une immense bouffée de solitude, il avait continué péniblement à rouler pendant quelques kilomètres supplémentaires en quête forcée du premier bas-côté qui élargissait la route, une aire aléatoire de terre battue et de graviers où il avait coupé le moteur, à bout, les paupières alourdies de fatigue. A cet instant, le déluge sévissait toujours. Lucas avait éteint les phares et baissé sa vitre afin de rafraîchir l'air de l'habitacle. A la manière d'une bourrasque sournoise, la pluie s'était engouffrée à l'intérieur, glaciale.

Ils avaient franchi Le Mans déjà, en direction d'un ailleurs qu'ils ne vouaient qu'à eux. Le voyage avait été projeté sur un coup de tête, sans destination particulière, dans une urgence à être deux, à vivre ensemble tant d'années à rattraper. L'alcool les avait passablement déchirés quand la décision fut conclue. A peine conscients de l'audace surenchérie, du défi lancé et des risques encourus, les jumeaux avaient quitté la maison subrepticement comme des voleurs quand c'était eux à qui on avait que trop volé. Ils n'avaient réfléchi à rien d'autre. Guidés par le désir qui brûlait mieux qu'un feu au profond de leurs entrailles, ils avaient enfilé à la hâte un pantalon, suggéré l'équipement d'un manteau chaud, emporté une couverture et toutes les cigarettes qui restaient. Même Joachim avait commencé à fumer tellement son état d'ivresse avait débridé ses inhibitions, points d'ancrage à une enfance extrémiste en cours d'abolition.

En prenant garde de ne pas éveiller Charles, de ne pas alerter les chiens, ils avaient traversé le jardin sous l'averse battante, déambulant d'une piteuse allure, les cheveux poisseux et en vrac, titubant presque sous l'effet du gin ingurgité, les yeux rougis par trop de fumée. Comme une douche d'aiguilles affûtées, les gouttes glacées les avaient piqués au vif du visage tandis que l'épaisse obscurité avait accru le côté chaotique de leur démarche. Parvenus à la grille groggy et hagards, néanmoins amusés par le démarrage houleux de l'expédition, ils s'étaient regardés avec une envie difficile à contrôler d'éclater de rire. Pourvus du même réflexe instinctif, ils avaient collé une main de sûreté à la bouche de l'autre par crainte que le lâcher de l'un ne provoquât l'irrésistible écho. Pliés presque jusqu'au sol, les boyaux tordus d'interdiction, ils étaient demeurés maintenus en équilibre mutuel en attendant la fin de la crise.

Parce qu'il en connaissait les rouages du mécanisme et savait comment le manœuvrer pour éviter les grincements, Joachim avait déverrouillé puis ouvert le portail.

Et derrière eux, désormais, la maison silencieuse avait semblé ne s'être aperçue de rien. Tapie à l'abri de son armée de peupliers, elle s'était alors montrée pareille à Lucas. Là, comme dans un moment de recueillement, il s'était rappelé cette soirée. La même bâtisse, sombre et éteinte, protégée. Une nuit jumelle. Il n'y avait manqué que les chiens. Mais quel secret auraient-ils eu à défendre encore ? Exactement de la manière dont elle lui était apparue, elle s'était inclinée à disparaître avec toujours ce silence cérémonial. Il avait signifié le bonjour, et maintenant, peut-être l'au revoir ou l'adieu. Lucas ne croyait pas au hasard sans symbolique associée. La pérennité de l'instant avait conforté sa théorie. Ici, à ces grilles, les jumeaux avaient été séparés. Voilà qu'ils venaient de s'y rencontrer.

Tandis que, loin de toute adhésion à la solennité, Joachim avait agrippé la manche de son frère pour l'attirer vers lui déjà en chemin, ils emportaient tel un présent en bandoulière un avenir si grand qu'il fallait qu'il pût contenir aussi toute l'essence majeure du passé à composer.

L'aubaine se produisit enfin. Lucas commençait à frissonner. Il remonta sa vitre et alluma une cigarette avant de s'assoupir par tranches épisodiques. Régulièrement, un camion monstrueux, prévenant de feux éblouissants, vrombissait en les dépassant à vive allure. On entendait la remorque s'entrechoquer dans un bruit infernal de ferraille et de moteur qui transperçait le silence. Parfois, par souci de sécurité, ou par amusement, le chauffeur actionnait son klaxon tonitruant comme s'il avait voulu réveiller les morts. Le passage des bahuts terrifiants ponctuait les vagues de sommeil de Lucas. Sous les vibrations, la voiture tremblait jusqu'à son plus petit écrou comme si elle avait été soumise aux tumultes d'une tornade. Au point culminant de la traversée de ces extraits d'enfer, Lucas poussait un râle de protestation. A s'en dévisser le cou, il se penchait alors vers l'arrière. Une grimace légère se dessinait sur le visage de Joachim éclairé par les pleins phares. Enroulé dans une des couvertures récupérées chez son père, il dormait toujours profondément avec un air de n'être pas dérangé outre mesure par les sursauts des camions. Lucas en était quitte pour un sourire. Son frère ne se réveillait pas, assurément il était vivant.

Le flux de la circulation grossissait progressivement quand le jour tardait à poindre. Des crampes d'estomac, promesses d'un faim inégalée, agaçaient Lucas. Il avait froid. Afin de pallier au mieux sa déconvenue, il redémarra le moteur, mis le chauffage au maximum de sa puissance et lança le programme de dégivrage. Dehors, l'aurore timide ne se hâtait pas. Il sortit de la voiture, instantanément surpris par la fraîcheur vive et humide. Partout autour, la terre s'était transformée en boue. En contrebas du fossé, à l'abri des éclaboussures envoyées par l'imperturbable va-et-vient des poids lourds, il descendit pisser en grelottant. La buée sur les vitres ne se dissipait pas facilement tant elle s'apparentait à du givre. Quand il s'en aperçut en remontant, il fit seulement le lien avec la campagne blanche qui s'étendait à perte de vue. Il se dépêcha de rentrer. La portière claqua pour signifier l'urgence de l'enfermement. Blotti sous son manteau, les mains soudées à la bouche d'arrivage d'air chaud, il grilla sa première cigarette du matin.

Les entrailles dans les talons, ils roulaient depuis deux bonnes heures, avalant des kilomètres de bitume, pourvus d'un appétit téméraire d'évasion et de liberté, prêts à gober le désir aussitôt qu'il se présenterait. Leur intention de le croiser aussi souvent que possible gonflait à chaque virage.

Joachim avait rejoint son frère à l'avant. Coincé sur le siège du passager, il se dandinait en chantant à tue-tête et horriblement faux des airs démodés ou des comptines pour enfants. Exaspéré dès les premières notes entonnées à la manière d'une batterie complète de casseroles, Lucas succomba finalement aux rythmes effrénés si bien qu'ils finirent par former un duo euphorique livré à la cacophonie d'un répertoire cabossé. Les mains des deux garçons se rejoignirent. Elles se serraient fort et battaient ensemble la cadence, imitant une joyeuse farandole. Le ciel demeurait serein, ne présageant toutefois de rien, réservé du moindre pronostic.

Habités par le sentiment nouveau d'être aguerris à toute épreuve envisageable mais dans leur esprit improbable, franchissant une ère survenue de consommation sans borne de chaque envie et de chaque plaisir, épicuriens jusqu'aux méandres de l'âme, Joachim et Lucas convolaient en fausses notes, en état d'apesanteur absolue où des nuées de promesses affriolantes flottaient, espiègles et aguicheuses. Déjà, nageant dans les eaux marécageuses de leurs lubies déphasées, ils entendaient sonner, comme les cloches perchées en haut des cathédrales, des lendemains rieurs et offerts. Avides de tous les sens, considérant la précipitation revendiquée de chacun, ils se voyaient devenir et redevenir dans leur miroir fidèle. Tour à tour anges ou démons, sirènes ou marins, enfants sages ou polissons, glaces ou feux. A la fois Joachim et Lucas. Jamais un. Ou toujours.

## 22

Dans un bistrot de village, assis à proximité du radiateur, ils s'empiffrèrent de café et de tartines, à l'évidence désignés comme une curieuse attraction pour les clients habituels du troquet. Mal attifés et hirsutes, les jumeaux dévoraient à perdre haleine, risquant l'étouffement à chaque bouchée. Partout dans la salle, comme une rumeur installée, il régnait un bruit de fond de bavardages animés autour de paris échafaudés sur les prochaines courses de chevaux, de commentaires sur l'actualité ou les derniers résultats sportifs connus. Oubliant les notions de frugalité, absorbés par leur petit déjeuner dont ils réclamaient toujours plus à manger, Joachim n'entendait rien, Lucas ne voyait rien. Ils se goinfraient littéralement, signant la démesure d'un appétit commun bien au-delà du cadre de la faim purement physique. L'envergure du symptôme s'affranchissait de dimensions incalculables.

Ainsi, multipliant les étapes, fondus dans l'espoir de la maîtrise du temps pour lui donner l'illusion de sa suspension, puisque toujours ils ne regardaient plus les pendules, ils affichèrent partout l'ouverture béante de leur poitrine d'où débordait un cœur grossissant et haletant. Soulignant le trait inverse de l'apparat, comme une mise en scène dépouillée s'incline à l'avantage du texte, les garçons n'aspiraient qu'à se remplir. Fabriquant de tous les instants un festival de saveurs, de parfums, d'images, de sons et de contacts, ils proclamèrent la levée des tabous et le devoir de l'envie, l'assouvissement des caprices et la pénétration de sens nouveaux. L'accomplissement bien au-delà de l'exploration.

Tout droit, tel qu'ils avaient défini le tracé de l'itinéraire, ils filèrent à l'aveuglette avec pour seul et unique discernement ce point de fusion fixé à l'horizon. Et ainsi, la détermination dressée en étendard, Joachim et Lucas visèrent la ligne de mire d'un beau regard perçant, jusqu'à crever le plafond du délicieux défi. La route devant eux se déroulait pareille à une langue aspirante disposée à gober cette proie facile et volontaire.

Ils traversèrent d'autres villages, découvrirent de nouvelles campagnes vallonnées et coiffées de forêts, franchirent des villes moyennes aux abords saccagés, zones industrielles et blocs de béton armés d'enseignes commerciales se livrant bataille à coups de caractères en néons multicolores. Partout ils s'arrêtèrent, chargeant le coffre de la voiture d'un trésor de survie. Des provisions de victuailles, d'alcool et de cigarettes s'entassèrent pêle-mêle. Ils achetèrent des cartes postales au dos desquelles ils griffonnèrent en lettres majuscules les prénoms des destinataires potentiels avant de les enfouir dans la boîte à gants.

Dans les rayons d'un bazar en libre service, ils choisirent un ballon, des raquettes, une bouée surmontée d'une tête de canard, un bouquet de tulipes rouges en plastique, la silhouette d'une femme représentée par un assemblage hideux de coquillages et le Mont Saint-Michel en effigie d'un porte-clefs. Ils chaussèrent des lunettes de soleil aux montures blanches et prirent chacun un chapeau de paille orné d'un ruban jaune en se moquant d'eux-mêmes à cause du ton résolument féminin du couvre-chef. A la caisse, ils s'offrirent mutuellement une pochette surprise sous l'œil effaré et méfiant du propriétaire du bric-à-brac. Devant la mine renfrognée du bonhomme, en réalisant l'excentricité de leur accoutrement accouplé au détail de leurs emplettes, un irrésistible élan d'hilarité communicative submergea les jumeaux qui se mirent à rire à gorges déployées, la mâchoire prête à se décrocher et les yeux transformés en usines à larmes. A tel point que sans prévenir, ne se rendant même pas compte de l'imminence des faits, Joachim se pissa dessus. Tandis qu'ils furent aussitôt chassés à grands cris par le patron de la boutique, Lucas redoubla ses excès de joie. Il se tapa le ventre, feignant de rouler par terre. Le pantalon aussi inondé que ses joues, son frère opéra un lâcher prise complet des muscles qu'il ne parvenait plus à contracter. Dehors, arrivant en cortège, attirés par les éclats de voix, un attroupement de passants ahuris comme le ravi des crèches de Noël forma une haie d'honneur quand les jumeaux sortirent du bazar. Transportant non sans mal tout leur attirail de breloques, appuyés l'un à l'autre et gloussant à qui mieux-mieux, les jeunes hommes saluèrent ce public improvisé par de larges balayages de chapeaux, manquant de trébucher à chaque pas. Pour les habitants du coin, regroupés aux premières loges autour des deux énergumènes, il ne se dégageait rien de particulièrement désopilant de la comédie cocasse qui se jouait. Si certains montraient cependant un amusement franc, la plupart affichait un scepticisme massif. En guise d'applaudissements à la performance, les joyeux lurons dissimulés derrière leurs verres opaques ne recueillirent qu'un haussement général d'épaules qui soulignait une satisfaction avouée de les voir déguerpir. Aucune rumeur ne gronda néanmoins, la désapprobation se lut suffisamment sur les mimiques des badauds.

Revenus à l'automobile, s'esclaffant encore avec une verve égale qui ne s'usait pas, ils jetèrent leur matériel sur la banquette arrière. Joachim s'empressa de gonfler la bouée. Il s'époumona sur le canard de baudruche en imitant bien involontairement le sifflement d'une vieille pompe à vélo. Une fois l'appareil en forme, Lucas passa la bouée autour du ventre de son frère. Ce dernier, avec cette basse-cour en ceinture, s'encastra dans la voiture, vaguement gêné aux entournures. Tandis qu'il battait alors la mesure en tapant sur le tableau de bord, il se mit à chanter la complainte du sous-marin vert.

Dès qu'il trouva un chemin forestier accessible, Lucas s'engagea sous une voûte d'arbres aussi loin que possible, avant que le tracé ne figure plus qu'un sentier étroit et sinueux. Le sol était boueux. A travers le feuillage persistant, on apercevait des trouées de ciel terne. Joachim avait froid, tout mouillé qu'il demeurait après ses fuites intempestives. Il s'en plaignit à Lucas, le sollicitant d'une ingénieuse idée de substitution. Celui-ci jugea de la situation, ricana gentiment dans sa barbe et répondit désolé que seul le temps agirait sur l'affaire. Afin d'évaluer au mieux la proportion des dégâts, il plaqua sa main sur le jean trempé. Simultanément, Joachim accusa un recul instinctif quand il sentit les doigts de Lucas frotter son sexe à travers la toile du pantalon. Le phénomène était nouveau, jamais personne ne l'avait touché à cet endroit. D'abord, il en avait fait son désespoir avant de finir par s'en accommoder, par dépit. Il avait longtemps considéré que ça n'était pas une chose pour lui, reclus entre les sens interdits qui lui en barraient l'accès. Et si des tentations ou des désirs parfois s'étaient prononcés, Joachim s'était réfugié dans ses contes de fées ou autres personnages légendaires. Le déni l'avait retranché dans des extrémités si moralistes et pudibondes qu'il avait classé les exultations de la chair dans le registre de l'impropre et de la velléité. Non sans lutter contre lui-même, il était devenu naturellement un individu asexué, pétri de résistances intimes, de regrets et souvent aussi de honte. Il trimbalait des valises lourdes de confusions comme un capitonnage au secret jamais confié.

Il ne vit rien de pernicieux dans le geste de Lucas malgré le soin zélé avec lequel son frère s'appliquait à déchiffrer la surface complète de l'auréole. Mais le plaisir se révélait cependant, plus cérébral que charnel. Les garçons se regardèrent pendant toute la durée de l'échange, l'un affichant un sourire quelque peu provocateur quand l'autre s'illuminait simplement de cette vague de complicité en progrès. Joachim ne ressentit pas davantage que le symbole de l'amalgame de leurs corps comme si la main de Lucas lui avait appartenu autant que les siennes. Hermétique à l'investigation érotique de l'attouchement, il n'éprouva des avancements calfeutrés que la preuve d'une fraternité exacerbée et dont l'expression adoptait de nouveaux modes. Lucas se contenta d'annoncer le constat de son inspection, à savoir que la tâche d'humidité devrait normalement sécher bientôt à moins de la survenue d'une prochaine furie.

Pour l'heure, à l'image d'une accalmie subite succédant à la tempête, la crise d'hilarité avait disparu.

Ils marchèrent côte-à-côte dans le sous-bois, pataugeant dans la boue jusqu'à ce que même le ciel ne puisse plus les surprendre, enfouis au cœur des dédales inexplorés de la forêt. Autour d'eux, la barrière de végétation les enfermait comme un sas de décompression, un cocon protecteur et nutritif, un havre nécessaire. Ils s'assirent sur un tronc couché. Joachim demanda une cigarette. Dans la pénombre épaisse, on ne distinguait guère le jour de la nuit. L'unique source de lumière provenait de l'allumette craquée. Lucas ôta ses lunettes noires et porta la flamme à la hauteur du visage de son frère, dévoilant un portrait métamorphosé. La mue avait opéré.

L'après-midi tirait à sa fin. Un banc de nuages s'imposa en écharpe au cou d'une lune blafarde. La lassitude des kilomètres avalés commençait à peser. De concert, ils s'accordèrent alors d'avoir atteint l'horizon promis.

## 23

La mer.

Un patchwork aux coutures invisibles, fardé de teintes improbables extorquées à une palette rare, déclinaison de noirs et de verts, se pâmait en flirtant à la frontière de l'adultère sur une portée de variations de bleus insaisissables. La mer, exhibitionniste impudique, offerte comme une innocente naïve, racolait par ses allées et venues qui mordaient la plage. La mer, indomptable femme, se faufilait au cœur des rochers en caressant l'échine de ses promontoires d'amants dociles dont l'apparence traduisait une immobilité trompeuse. La mer, avec ses plaintes langoureuses, traînait sa ritournelle grave. Inquiétante et rassurante, elle mimait sa mort truquée sur le sable gris. La mer, espiègle maîtresse, joueuse et maligne, déployait ses stratagèmes comme une poule de bordel aguiche et attire. La mer, terriblement féminine, guerrière pourtant, roulait ses vagues pareilles à des armes tueuses, aiguisées autant que des lames, tricheuse. La mer, inépuisable ressource de vie, faiseuse de, se prélassait.

Lucas déclamait sa prose improvisée en longeant le littoral avec une voix amidonnée d'intonation tragique. Bardé de fioritures théâtrales à gogo, s'amusant de ses grimaces, poussant l'accent grave au paroxysme de la singerie, il peignait le paysage en mariant les mots tels qu'ils lui venaient, les forçant à s'accoupler sans souci de la progéniture enfantée.

La mer.

Une vasque d'opium qui grise d'emblée, dans

laquelle on se jette, pour qui on recule. La mer, indisciplinée femelle au sens animal. Qu'on n'apprivoise pas, qui le fait juste croire. Mangeuse d'hommes insatiable, et qui toujours un jour les vomit. La mer,

Jusqu'à ce que Joachim l'interrompît pour lui répondre que ça n'était que foutaises !

Il importait peu à Lucas de déblatérer des vérités suprêmes ou d'exquises sornettes. Il se sentait élevé par une liberté exceptionnelle, guidé par une permission plurielle. Et tant qu'il recevrait ce goût sublime, identique à celui procuré par des herbes angéliques, il dirait bien ce qu'il voulait.

Joachim ne l'écoutait plus. Il avait su lire sur la figure de son frère l'empreinte de sa libération accrue. Rendu à l'inclinaison devant la magnificence du détachement, comme d'autres s'agenouillent au pied de la croix, il avait cessé de contester l'incontestable donc. Tourné vers la mer, il n'entendait plus que le vacarme quand l'ogresse s'écrasait contre les premiers rochers de la plage, provocante de sa splendide jouissance.

Lucas stationna la voiture sur un bateau de béton prévu à cet usage.

Un vent acide balayait le littoral. Les embruns fouettaient les joues des garçons. Des pêcheurs tardifs rentraient les derniers au port. Le ciel se découpait en tranches irrégulières, comme un mille-feuille aux couches courroucées. Des étoiles éparpillées s'usaient, peine dépensée pour faire la nique à cette masse nuageuse, et se frayer un passage à son insu aux endroits les plus pâles de ses cicatrices. L'éclat de la lune, malgré l'engorgement, prenait le relais d'un soleil moribond. Plus loin, plus haut, sur la pointe du cap, déjà la grosse lampe du sémaphore tournait, tournait, tournait.

Handicapés par ce vent solide qui s'imposait tel un véritable obstacle à leur course, Joachim et Lucas s'élancèrent au plus près de l'eau. Le sable meuble se dérobait sous leurs pieds. Dans un bruit effroyable, avec une violence inouïe, les vagues se fracassaient signant là une détermination peu farouche de céder à l'irrésistible. Lucas, fier de l'effet en trompe-l'œil, déclara que ce fut eux l'objet du désir, la force attractive pour qui les rouleaux se brisaient sans relâche.

Ensemble ils s'accroupirent au bord du rivage, là où la définition de l'agonie des courants salés se révélait. La main en coupe, Joachim effleura la surface pour recueillir l'écume mousseuse. Avec une précaution d'orfèvre, il ramena la paume repliée afin de perdre le minimum de sa récolte. Sur la nuque de Lucas, il posa l'autre main. Sans brusquerie, d'un mouvement lent, presque sensuel, il pencha sa tête vers lui. Glissant sur le cou de son frère incliné, il renversa le liquide sauvé sur la cime du crâne, voué à sa dispersion dans les cheveux ébouriffés. Ensuite, comme une supplique, il se prosterna à son tour devant Lucas. Du même geste, il reçut la même eau.

La nuit avait terminé son travail d'éclosion. Confortablement installée sur son trône, elle avait chassé loin d'elle tout ce qui pût rappeler de quelque façon la cour précédente désormais déchue. Ses pages et ses suivantes aux rôles abolis avaient basculé dans l'épaisseur paradoxale du vide absolu.

Sur la côte, les maisons éteintes et fondues dans

l'obscurité comme des fantômes semblaient s'ériger en bouclier, prêtes à défendre les terres tapies contre une menace sérieuse. Au large, plongés dans une discussion au langage codé, les phares alentours complotaient sans répit, réfutant l'impossible espionnage. Le front des constructions se serrait davantage quand les signaux lumineux repérés ne cessaient de se répondre. Joachim racontait la défense organisée tandis qu'avec le lointain ailleurs, il préparait la stratégie de l'attaque. Lucas se moqua ouvertement de lui en suggérant donc qu'ils fussent des crabes déguisés en agents spéciaux débarqués de l'Atlantide, sur qui allait débouler une armada d'artillerie. Joachim le prit au mot. Aussitôt, il adopta une démarche de travers. Dès qu'il se trouva à une distance suffisante pour ne plus essuyer aucun quolibet audible, il rétorqua à son frère que qui vivrait verrait. Le sens du vent lui demeurait favorable. Alors Lucas se mit aussi à imiter le déplacement des crustacés. A qui l'entendrait, il hurla de se méfier de ses pinces venimeuses.

Une poursuite endiablée et comique s'engagea entre les garçons sur la plage transformée en arène pour l'occasion. Les bras placés en arrondis au-dessus de leur tête pour simuler les mandibules tranchantes, les jambes raides limitées à la mobilité d'une paire de ciseaux, ils ressemblaient finalement plus à Goldorak qu'à d'inoffensifs animaux à carapace.

Puis le premier se laissa choir sur le sable, atteint par l'imaginaire pince fatale. Le second, également touché, entraîné dans la chute de sa victime, tomba sans se débattre.

Il faisait froid maintenant. Néanmoins, ils restèrent allongés un moment. Sur le cap, la grosse lampe du sémaphore tournait, tournait, tournait.

## 24

Sur le cap, la grosse lampe du sémaphore tournait, tournait, tournait.

Les corps des jumeaux immobiles, qu'un promeneur lambda aurait pu confondre avec une épave rejetée, recevaient les gifles du vent. La mer bramait comme si elle avait exprimé la douleur du manque. De ses plaies maintenues ouvertes sous les chocs répétés d'avec les arêtes des rochers s'échappaient ses entrailles affamées. Les strates superposées des nuages plus nombreux imposaient une caisse de résonance efficace qui retenait les barrissements plaintifs. Du bout des doigts, Joachim creusait des trous dans le sable et les rebouchait aussitôt après.

L'infiniment désert s'étendait à perte de vue. La nuit semblait avoir englouti toute trace de vie. Jalouse, la mer grognait contre son incapacité à attraper ses dernières proies. La marée basse l'en empêchait. Et quand bien même elle eût été revigorée par un sursaut de furie, Lucas avait appris dès sa plus jeune enfance à ne pas se laisser digérer par les vieilles femmes voraces.

Dolcita n'avait pratiquement jamais cessé de paraître vieille dans ses représentations. Peut-être, à l'entrée de sa vie d'adulte, Lucas avait-il relativisé le phénomène de l'âge. Sauf que très vite, sans doute prématurée par l'infamie naturelle, le vieillissement de son ailleule s'était affirmé, en dépit des luttes acharnées menées tambour battant contre l'affaissement, lequel l'avait élégamment éconduite, systématiquement. Mais la méchanceté pouvant en cacher une autre, l'aigreur comme une mauvaise rancune avait sournoisement hanté l'esprit de Dolcita, en en souillant son état.

Le portrait ainsi brossé en introduction résumait grosso modo, et assez bien, le fond, aussi avec une pointe d'ironie, la forme du personnage. Evidemment, à une époque elle avait été jeune, et belle par-dessus le marché. A l'excès. Ces traits-là, les siens, au lieu de l'encourager à l'excellence, avaient propulsé Odette Albancé tout droit aux portes de la vanité. Les méfaits de la spirale infernale avaient causé moult dégâts. Principalement, sans occulter les autres aléas d'une fierté perpétuellement exacerbée, le désastre avait culminé sur le plan affectif. Qui peut prétendre aujourd'hui qu'elle n'a pas aimé qu'elle ?

Sans attendre de savoir si Lucas allait ou non apporter la réponse implicite à sa question, Joachim opposa une objection en bloc à cette forme de procès amorcée. Il ne souhaitait nullement assister à un nouveau déballage d'anecdotes comme autant de témoignages. Le récit du décès de sa mère avait amplement suffi à sa capacité de digestion.

Quand il racontait un événement ou un autre, Lucas maniait la violence du verbe avec une cruauté qu'il ne soupçonnait pas pour l'oreille de son auditeur. Dans son idée, tout était couru d'avance, tellement ruminé et ressassé. Sur aucune des images retranscrites, il n'avait eu vocation à coller un filtre incitatif à leur profanation. Il disait les choses telles qu'il les ressentait, ne trichant pas avec l'opacité du rendu. Non plus, qu'il n'édulcorait la perception traduite. Lucas s'était construit par, grâce, à cause de.

Au nom de quelle diplomatie devrait-il céder au maquillage ? Cacher les cernes pour taire, rehausser les couleurs pour tromper, souligner le sourire pour effacer. Il n'était pas homme à se nourrir du politiquement correct. En conséquence de quoi, Joachim lui promit des protestations systématiques s'il jugeait d'un excès de fiel craché de la bouche de son frère.

L'inversion des rôles ainsi décriée fit grincer des dents le narrateur. Induites par l'aveuglement endossé en vertu d'une affection accaparée alors qu'elle avait été étouffée sinon dans l'œuf, si tôt après, les théories de cet entêtement passaient haut au-dessus de Lucas, avant de le clouer au sol, impuissant à les saisir. Son talent consisterait à les détourner en remettant à leur place les bons profils. Le challenge se transforma en défi dès que cette logique effleura ses pensées. Epancher son désir d'exutoire en se racontant dans les circonstances de ce travers, satisfaire au plus juste la curiosité légitime de Joachim, modérer la foi de ce dernier en cette famille dont il souffrait ostensiblement encore de l'ablation. Lucas se voulut aussi objectif que possible. Ces résolutions prises rassurèrent immédiatement son jumeau dont la vigilance cependant ne faiblissait pas.

L'arrivée du trublion au Domaine des Tamaris avait déstabilisé l'engrenage bien huilé des traditions et obligeances des Albancé. Le bouleversement braillant de l'ordre absolu tenu comme les brides d'un cheval docile par Dolcita avait été facturé à Lucas ainsi qu'à sa mère. La bave du serpent avait sali les plumes blanches de la colombe. C'était souvent. L'oiseau et la vipère se substituaient l'un à l'autre selon que l'animal se mettait en vitrine ou non.

Et voilà qu'il recommençait de plus belle, réitérant ses salves acérées aux premières phrases de son discours repris. Joachim refusa de poursuivre sur ce terrain mouvant dans lequel il voyait ses attentes trop vite ensevelies, aspirées sans ménagement. Il se releva brusquement et déambula en direction de la mer. Il se sentait déçu, terriblement. Au bord de l'eau, dans un désœuvrement de dépit, il fit dix pas vers la gauche, dix vers la droite et ainsi de suite. Parfois, il ramassait un caillou qu'il jetait dans les vagues pour qu'elles l'avalent par procuration. Agacé par le manège excessif de son frère, Lucas se détacha du sable à son tour. Parti dans le sens opposé, il regagna la voiture. Dans le coffre, il récupéra une bouteille de gin. Il s'installa à l'arrière, repoussant l'attirail entreposé et alluma une cigarette. Sur le sable, l'empreinte des corps ressemblait à un moulage. Au milieu de la nuit noire, on discernait nettement le bout incandescent de la cigarette. Sur le cap, la grosse lampe du sémaphore tournait, tournait, tournait.

La statuette en coquillages ne survécut pas au nouveau déménagement. Elle se brisa carrément dans sa chute qui l'emporta de la banquette au sol. Joachim avait dégagé la place en chassant les emplettes qui l'encombraient. La signature de l'armistice intervint rapidement entre les garçons animés par le souhait de ne pas rester froissés très longtemps. Dans des circonstances différentes, peut-être le désaccord eût viré en une discorde plus persistante. Mais ils étaient seuls dans ce désert de sable, livrés au froid et à l'humidité accentués par une obscurité inénarrable. La brouille en sus créait un climat assez glauque et guère propice à l'isolement volontaire. Lucas se taisait. Joachim lui arracha la bouteille et en suça avidement le goulot.

Les mégots tombaient les uns après les autres par la vitre ouverte en discontinu. Désormais, Joachim connaissait l'essentiel du cataclysme qu'avait provoqué la venue de son frère au Domaine des Tamaris. Lucas s'était efforcé de relater les faits aussi précisément que possible en se gardant bien de se répandre en jugements ou partis pris exprimés. Par souci de paix à préserver, en dépit de quelques dérapages entendus, Joachim s'était abstenu du moindre commentaire.

Au fil des anecdotes rapportées, des dates marquantes mentionnées, des portraits établis des protagonistes, le récit devenait ennuyeusement aseptisé, si loin de toute notion de propagande. La passion à l'agonie, la colère moribonde, voire même la rancune en berne exécutée servaient un plat d'une insipidité consternante. Et plus le contraste entre le verbe employé et sa conjugaison choisie s'amplifiait, plus les erreurs de syntaxe commises sonnaient faux. Si Joachim ne montrait rien du désaveu évident du texte conformé à ses appréhensions, Lucas s'emmerdait ferme sur le slalom des phrases outrageusement pudibondes, fades jusqu'à l'écœurement comme s'il orchestrait en chef virtuose sa propre trahison. Se considérant suffisamment trompé par la mièvrerie frelatée de son histoire, il glissa doucement vers de plates banalités et se détourna peu à peu de l'objet originel de la conversation. Le changement d'aiguillage parut convenir à Joachim qui s'accrochait coûte que coûte à son refus d'apprendre les rouages de la politique de faisandage psychologique des presque siens. Face à l'abnégation résolue, Lucas ravala ses intentions en tirant la singulière conclusion qu'en définitive son jumeau né Sordec était bien également, mais effroyablement, un Albancé.

Tétant toujours à tour de rôle la bouteille, déjà passablement chauffés par l'alcool, ils devinèrent ensemble la faille creusée par leur histoire respective, véritable crevasse assise par les années perdues et comprirent la vaine tentative du colmatage. Le registre dans lequel ils fouillaient pour trouver le ciment adapté à la réparation se révélait mauvais. Le sentiment d'échec les cuisait autant que le gin. Et Joachim n'était pas dupe. Sous des airs d'aspiration constante au polissage aveuglant, il discernait parfaitement l'erreur de trajectoire.

Aussi, pour eux, Lucas décida. Joachim ne saurait rien. Rien de plus. Que le moins puisqu'il l'avait ainsi clairement demandé. Il ne saurait pas davantage ni de sa misérable grand-mère, ni du vandalisme affectif qu'elle avait vilipendé à tort et à travers. Non plus, il ne saurait rien des refuges de Lucas, du bois de sa construction, si friable qu'il lui avait sans cesse fallu y apposer des conglomérats de soutien. A quoi bon de toute façon ? Lucas se rappela le vieil adage que lui avait appris Annabelle quand il se bornait à ne pas vouloir quelque chose et qu'elle baissait les bras en lui disant qu'on ne fait pas boire un âne qui n'a pas soif. Le reflet tant convoité qui s'était dessiné dans le miroir virtuel se salissait d'un coup comme après le passage d'une coulée de boue sur le tain. L'image s'affaissait, cruellement.

L'échafaudage des desseins flambait comme un feu de paille où dansaient au milieu des flammes la douloureuse déception de Lucas. Ses espérances s'envolaient en fumée, dilapidées jusqu'à ce que leur vie désormais ne se réduise en un résidu de cendres. Il assistait désemparé au triste spectacle, numéros de voltige manqués des illusions forgées qui s'écroulaient dans les trous d'air de l'incendie, englouties au fond de l'abîme.

Le monologue s'effilochait inéluctablement. Les ultimes poches de conviction encore ancrées aux desiderata de Lucas s'évaporaient en chaîne. Vidé de cette essence, courant infailliblement à la panne sèche, le jeune homme ne trouvait plus même d'élan à l'anodine discussion. Aligner des futilités ne lui procurait pas de plaisir, en l'occurrence plus. La meurtrissure, résultat de la non-fécondation constatée, éventrait à grand renfort de regrets la communion projetée. Sous cet auspice, celui dont ils avaient concocté la naissance d'eux se décomposait déjà comme un fœtus après une fausse-couche mal curetée. Sauf qu'ils constituaient une paire tenace de pères têtus. Ils persistaient à croire au possible, à l'étincelle en sommeil. Lucas, surtout, se persuadait secrètement de l'opportunité future qui lui permettrait d'assouvir son besoin d'exulter de la vérité enfin éclairée. Il refusait d'admettre, comme si l'acceptation sous-entendait une défaite personnelle, la gémellité mort-née malgré l'absence totale de souffle avérée.

Joachim se terrait, vautré contre la portière, les pensées dispersées, le regard ailleurs. Il accusait la frustration équivoque, témoin de la désolation de

Lucas, coincé dans sa culpabilité en étau qui comprimait sa poitrine. Parce lui aussi avait émis des attentes de ce jumeau d'abord craint, puis apprivoisé. La trentaine d'années accumulée de patience pour rencontrer son double avait à l'évidence flétri l'excellence du symbole, un peu comme si l'usure du temps l'avait transformé en bibelot rangé sur une étagère de bibliothèque.

Jusqu'à ce que le génie sorte de sa lampe ! Et s'il ne devait en rester que trois vœux à exaucer, Joachim comptait fermement n'en perdre aucun.

Davantage lassés qu'épuisés, correctement aidés par le cadavre devenu de la bouteille de gin, ils avaient fini par s'effondrer comme deux masses aux paupières lourdes. Tant pis s'ils avaient froid.

Sur le cap, la grosse lampe du sémaphore s'était éteinte.

## 25

L'auréole d'urine avait séché sur le pantalon imprimant à son endroit une tâche nette et explicite. A l'intérieur du slip, les poils collés à la peau alimentaient sans relâche une démangeaison proche du supplice. L'irritation gangrenait les bourses et le pubis. Joachim se grattait tellement que ça l'avait réveillé. Il se sentait inconfortable et mal mis. De vieux restes de sa transpiration nocturne avaient laissé des traces de moiteur désagréable dans le cou et le dos. Sous les aisselles, des perles de sueur presque cristallisées distillaient un fétide parfum d'hier et des jours précédents. Il se frotta les yeux et se massa le visage. Sa barbe livrée à la liberté depuis plusieurs matins accrochait au passage des doigts. Les cheveux insoumis excellaient dans la démonstration d'une anarchie incontrôlée, abandonnés à une sorte de sculpture abstraite dont on ne comprend pas le sens. Grasse à l'extrême, la toison poisseuse abritait une population de grains de sable comme une colonie de poux qui y aurait élu domicile. Joachim ne se voyait pas, mais le portrait qui lui apparaissait en filigrane du toucher et de l'odorat transformait alors, contre toute tentation, le rétroviseur en objet de répulsion. Il essaya de bouger en se tortillant doucement afin de ne pas déranger son frère encore endormi, avachi sur les trois-quarts de la banquette. Ses membres ankylosés apportèrent une réponse à retardement aux ordres du jeune homme. Son crâne était douloureux, muté en airain contre lequel des battants de cloches auraient sonné l'angélus à la volée. Sa gueule de bois s'avérait punitive, la sanction violente. La bouche pâteuse semblait vouée à l'engluement à perpétuité, la langue généreusement alourdie scellée au palais. A force de déglutitions répétées, pareilles à des performances sportives, Joachim réussit finalement à fluidifier sa salive et à séparer ensuite ses lèvres. Ce fut la révélation du tableau dépeint, la preuve irréfutable du sinistre état du garçon. Comme s'il avait appuyé sur le poussoir d'un aérosol, une vapeur de relents nauséabonds envahit l'habitacle de la voiture. Ca puait l'évaporation en plein été brûlant des vieilles eaux croupies d'un marécage. La fumée des cigarettes partagées avait desséché la cloison nasale semant des petites croûtes molles qui l'empêchaient de respirer correctement. Les renvois d'alcool enflammaient sa gorge et lui retournaient l'estomac. Proche de la nausée, Joachim manquait d'air et d'espace. Sans bruit, le corps endolori, il s'extirpa péniblement du véhicule. Le froid le bouscula comme une foule en ébullition. Il serra les pans de son manteau contre lui produisant l'effet inverse à celui escompté par sa sortie. En dépit de ses efforts pour s'en protéger, le vent s'engouffrait par les manches et le col, glaçant la transpiration macérante. Sa tête se mit à tourner autant que la lampe du sémaphore dans ses souvenirs. L'envie de vomir terrassa toute possibilité de clairvoyance. Toutefois, Joachim voulut vaincre cette faiblesse qui lui tombait dessus d'un bloc. Il se risqua à quelques pas. Il titubait, poussé par les rafales d'un côté, freiné par leurs sœurs de l'autre quand elles ne s'alliaient pas pour le renverser. Laborieusement, suivant un tracé en zigzag, il parvint tant bien que mal à atteindre le haut de la plage. La mer montait. Agitée et agile, elle ressemblait à une horde de lionnes en chasse qui profitent de la défaillance de leur proie choisie. Il vit déferler vers lui des vagues excitées. Dans un fracas de tonnerre, elles s'écrasaient toujours plus en avant, mangeant le rivage. Joachim s'assit sur un tronc d'arbre échoué. Recroquevillé sur lui-même, il simula le jeu du mort pour leurrer sa prédatrice. Mais la garce bleuâtre, à l'image d'un charognard averti, gagnait encore du terrain. Cet intermède récréatif lui permit d'occulter un instant le froid et le malaise, sa sale allure et son odeur d'homme des cavernes. Sauf que la réalité revint au galop lui exploser à la figure quand une pluie de glaçons creva soudainement le réservoir nuageux. Ce ne fut pas une grêle intermittente et passagère mais une véritable averse d'aiguilles lâchées brutalement.

Le raffut infernal de l'ondée sur la carrosserie avait maladroitement arraché Lucas des bras de Morphée. A travers la lunette arrière, aussitôt il scruta un ciel aux sourcils froncés comme s'il jaugeait du moyen de stopper le mécanisme de ce maudit réveil. Il lui fallut plusieurs secondes avant de recouvrer ses esprits, tout du moins les bribes qu'il put en sauver. Dans une contorsion difficile, il s'avisa de la situation de son frère quand il vit la place vide à ses côtés. Il détala hors de la voiture à la recherche de son jumeau amputé, les tripes déjà en effervescence, la panique affranchie à même la peau par une éruption géante de chair de poule. Il imagina le pire. La soirée désastreuse l'eut-elle donc été tant pour le conduire sur une pente si raide. Il envisagea la fuite, emprunt de remords et de regrets, guidé par une haine dévorante. Ou bien s'était-il suicidé en s'offrant aux entrailles de la mer ? Lucas posa le problème avec une relative désinvolture afin de masquer ses angoisses, faire semblant de refuser de croire au tragique scénario. Bien que sa capacité d'auto-persuasion ne lui dictait que cette unique issue probable, il s'efforça de réfléchir à d'autres alternatives. Logiquement, ce fut en direction de la plage qu'il courut à bras raccourcis. Il y arriva le souffle coupé, les jambes contractées et les muscles en béton. Il aperçut tout de suite son fugueur assis comme s'il attendait déterminé la marée haute. Lucas ne s'accorda pas une seconde de plus. Il s'élança au galop tel un sauveteur de la dernière chance. Une fois à sa hauteur, il saisit fermement les épaules du condamné et l'entraîna avec lui dans une cabriole en arrière. Joachim se dégagea comme il put en râlant doucement jugeant du trop des secousses du jeu. Entassés l'un sur l'autre dans une position similaire à celle qu'ils avaient adoptée lorsqu'ils n'étaient que des crabes mutants, ils s'immobilisèrent, tous les deux à leur manière surpris et rassurés. Les troubles évincés par ces retrouvailles spectaculaires, ils reprirent petit à petit contact avec la réalité. Le froid rugissant s'imposait en incontestable maître. Sous eux, le sable mouillé agissait en paroi au fréon. Le vent par saccades les fouettait et sifflait au creux de leurs oreilles la chanson de l'hiver. Transportés par la loi d'Eol, de minuscules grains de sable s'infiltraient par tous les pores ouverts de cet amalgame de membres. Les garçons appliquèrent diverses stratégies pour se protéger de l'assaut, sans réel succès. Joachim bloqua son visage entre ses coudes en serrant autant que possible ses avant-bras contre ses tempes, les mains croisées sur la nuque. Vautré au-dessus de lui, Lucas cherchait au mieux à adhérer à son frère. Dans ce qu'il restait d'accessible au creux du cou, il glissa sa figure crispée, les yeux maintenus clos. Comme les pièces d'un puzzle en relief, leurs jambes et leurs bras s'imbriquèrent jusqu'à ce qu'ils ne deviennent qu'une seule masse compacte et hermétique. Rusant de la sorte avec les éléments climatiques déchaînés, les jumeaux parvinrent à peu près à s'enfermer derrière cette barricade constituée même si Lucas payait le lourd tribu des efforts en demeurant le dos en pâture au tumulte. Et pendant tout ce temps, sans doute à cause de l'impression de soutien procurée, ils retenaient au maximum leur respiration. Au coup par coup, ils ouvraient une bouche béante, avalant et recrachant simultanément de grands bols d'air. Celle de Lucas propulsait son haleine au bord des salières tendues de Joachim, puis les remplissait comme une coupe de buée fétide. Le fumet chaud et aigre emmagasiné là profitait à part égale aux deux garçons. Lucas connaissait bien cette douceur chargée qui s'échappait de lui, source habituelle des empreintes de ses nuits orgiaques, marque déposée de ses matins groggy. Joachim qui recevait l'émanation directement à l'orifice des narines se trouvait partagé entre le plaisir de la promiscuité et l'excès des remontées acides. Il sollicita le renversement des corps enchevêtrés et rampa sous le poids de son acolyte. A genoux près de lui, il tira sur le col de son manteau pour le relever également. Ils étaient trempés comme des linges aussi mal lavés que mal essorés. Sans pitié, la pluie rinçait la plage. D'une voix unique, ils suggérèrent un retour à l'abri dans la voiture. Le cheveu en troupeau d'épis, les yeux rougis et gonflés, les cernes noirs et creusés, Lucas ressemblait à un épouvantail vivant. Sur ses lèvres, jusqu'au menton, des traces de sang séché, restes du choc frontal qui s'était produit comme en point d'orgue de la cérémonie d'ouverture de leurs ébats débattus et rabattus, s'incrustaient entre les poils pégueux d'une barbe peu ragoûtante. Nos vagabonds s'encastrèrent dans l'automobile faisant preuve d'une fastidieuse souplesse. Lucas se saisit d'une cigarette. Du bout de ses doigts jaunis, crasseux sur chaque centimètre, il porta la clope à la bouche de Joachim. Jamais peut-être, les bouffées de tabac n'avaient été si bonnes que celles-ci. Les jumeaux jouaient à se perdre dans la fumée renvoyée à la figure de l'autre. Tirant sur la même cigarette, ils se rapprochèrent pour s'y brûler ensemble. Les gueules cadavériques, presque confondues, s'invitèrent réciproquement du regard. Les garçons collèrent leur bouche jusqu'à suffoquer l'un de l'autre, pareils à des frères siamois embrasés. Et, si la raison du plus fort est effectivement la meilleure, alors la violence du désir l'emporta. Le miroir virtuel volait en éclats. Ils s'embrassèrent par surprise, mélangeant la fumée et leur haleine de chacal, découvrant le goût nouveau d'une délicieuse amertume ainsi délivrée.

## 26

Très vite, le baiser des deux hommes prit une dimension différente, au-delà du défi qui ne consistait initialement qu'à garder emprisonnés aussi longtemps que possible, et dans un réservoir unique, les rejets de tabac mêlés. Après quelques dizaines de secondes comme une plongée en apnée, ils libérèrent enfin les substances goudronnées. Leur nez simula une puissante cheminée d'où s'évinçaient les déchets mentholés. Ensuite, Joachim et Lucas s'écartèrent un bref instant, juste le temps d'inspirer profondément l'air renfermé de l'habitacle du véhicule afin d'en inonder leurs poumons arides.

Quand les regards se croisèrent, soulignés tant d'inquiétude que de joie, chacun y inscrivit l'expression d'une surprise soupçonneuse. Un sentiment mélangé d'attirance et de dégoût écœurait Joachim tandis que son jumeau jubilait intérieurement jusqu'à ébullition du sang, si fier de l'expérience. Le manège des yeux inquisiteurs dura encore. Les garçons, comme s'ils se pourléchaient des cils, se fixaient avec une indéniable tendresse indissociable d'une réelle forme de méfiance qui s'habillait différemment selon de qui elle émanait. Lucas, hanté par une gourmandise envahissante de son frère, s'interrogeait sur le mal ou le bien fondé d'un retour à l'assaut de cette bouche infestée devenue objet de désir précieux. L'objet autant que le désir. Joachim demeurait davantage réservé quant au pronostic des suites de l'affaire. C'était la première fois que quelqu'un l'embrassait, la première fois qu'on en voulait à son corps. En l'occurrence, cet on s'agissait d'un garçon, son frère jumeau de surcroît. L'abasourdissement se révélait de taille importante, sinon trop pour lui, en tous cas pour décider seul de la progression de l'aventure. Sauf que l'envie de recommencer et de continuer s'ancrait si solidement en lui qu'elle se lisait ostensiblement sur son sourire discret de bienheureux. Les sens de Lucas, dirigés par une énergie stimulante semblable à des impulsions électriques, eurent tôt fait de déchiffrer l'offrande. Il passa la main dans les cheveux crasseux de son partenaire, puis descendit sur le cou qu'il serra fermement. Sûrement, il se rapprocha jusqu'au frôlement des lèvres. La douceur du contact des appendices charnus enflamma définitivement les esprits, augmentant la teneur de l'excitation. Il se dégageait une tendre sensualité des bouches effleurées. De l'instant inattendu et délicieux prolongé à l'extrémité des retenues maîtrisées transpirait un érotisme échauffant. Quand Lucas mouilla les lèvres de son frère par la caresse d'une langue à la dérobée, la brillance de la salive déposée sur la chair rouge étincela comme un diamant. Dès que le bijou resplendissant s'exposa entièrement avec l'idée de sa valeur, chacun prétendit à sa part du butin. Aussitôt, les rubis s'ouvrirent largement dans une intention d'aspiration mutuelle. Les langues s'attrapèrent, s'enlacèrent, visitant sans vergogne tous les recoins des palais déverrouillés. Il faisait chaud et humide dans cette moiteur fétide comme à l'intérieur d'une grotte inexplorée depuis des lustres. La violation concertée et consentante était aussi exaltante que nécessaire sans doute, l'interdit grisait ses protagonistes, et la question de la morale ne se posait certainement pas.

Lucas affichait davantage d'appétit. Ce baiser inespéré avait réveillé des faims endormies. En dépit de ses efforts d'application pour maintenir enfouie cette avidité grandissante, il entreprit de manger le visage de Joachim. Il retira la langue du joyau sublimé, et, avec un zèle identique à celui d'une ruche d'abeilles émoustillées par la découverte d'un gisement de pollen, couvrit la barbe rugueuse de son frère de bisous à peine posés. Il se délecta de la saveur des joues poilues, étonnant tissu soyeux et viril.

Par succions plus ou moins prononcées, le jeune homme grignota toute la figure de Joachim à la manière d'une pique-assiette picorant dans chaque plat. Ainsi, il goba le nez, suçota le menton, lécha les paupières, croqua les lobes d'oreilles avant d'en pénétrer les orifices intimes. Imitant à merveille les mêmes insectes, Lucas butinait les parcelles de peau s'affairant à la récolte d'un suc amer composé de transpiration séchée, d'une odeur rance de tabac imprégnée et du sel collé des embruns. En animal de zoo, il s'employait à un réalisme stupéfiant des mimiques. La justesse de son jeu aurait trompé n'importe quel spectateur voyeur.

Au bout d'un moment sacrifié à s'offrir sans restriction, Joachim commença à opposer une petite résistance aux excès d'engouement. Erigeant une barrière à l'emprise, il bloqua ses avant-bras en croix sur sa poitrine tout en forçant contre le torse de Lucas. Il remua doucement la tête de gauche à droite pour signifier son refus d'un potentiel encore. Entraînés par les mouvements, sa chevelure balaya les yeux du gourmand qui relâcha légèrement la nuque, averti de la trêve sollicitée. Joachim poussa un long soupir ironique, néanmoins trempé d'amusement. L'interprétation que fit Lucas de cette grimace narquoise l'apparentait à une promesse claire, réhabilitant son impatience autant que sa soif de lui.

Le silence régnait, imperturbable. On n'entendait que les cœurs associés à l'entreprise battre à l'unisson. Tel un automate robotisé, Lucas avança délicatement ses lèvres au plus près de celles de son frère pour les rejoindre à nouveau avec le même enthousiasme, à la différence de l'envie considérablement accrue. L'étreinte désormais engagée s'affermit mieux, obéissant à la seule loi du désir que nul amendement ne saurait modifier. Dans l'élan de ce baiser complice, évidemment convoité par les garçons, Lucas posa ses mains autour des oreilles de Joachim, basculant doucement ce dernier en arrière.

La gymnastique opérée par des positions guère confortables dans l'espace réduit de la banquette de la voiture les avait quasiment allongés l'un sur l'autre. Et, pendant le glissement périlleux des corps soudés, ils avaient réussi à ne pas séparer leur bouche d'un millimètre. Les langues déraisonnables se lapaient à qui mieux mieux, récurant les muqueuses de la salive tapissée comme autant de friandises. La fougue employée par les jeunes hommes empêchait le contrôle des actes. Lucas, au-dessus de Joachim, étendu sur les courbes masculines, les épousa en s'y calant en symétrie ordonnée. Les effets de la plastique obtenue orientaient le tableau vers l'art surréaliste et rarement observé du parfait moulage inversé. Les visages calqués se fondaient comme s'ils buvaient à la même surface d'un lac d'huile. Dès lors, si l'imagination conduisait à les voir s'y plonger, le reflet lissé disparaîtrait entre les garçons indissociés.

Lucas honorait son frère d'une érection surdimensionnée depuis belle lurette, fruit probable de l'éclosion des frémissements émis par leurs lèvres scellées. Sans que le moindre balbutiement d'une gêne amorcée n'ait interféré dans sa croisade, il n'avait néanmoins cessé de guetter l'apparition du symptôme chez sa conquête. Et tandis qu'enfin l'alchimie se mettait à l'ouvrage et durcissait le sexe de Joachim, Lucas s'embrasa d'un victorieux rictus, dessein promis de batailles annoncées comme dévastatrices. D'emblée il s'affaira à quelques pressions du bassin, promulguant ainsi l'acceptation totale de son jumeau à se soumettre au gonflement du membre maître. Transporté, tout autant transformé par cette inconnue fébrilité, Joachim se sentit tressaillir jusqu'aux extrémités des orteils et des doigts. Ses dents claquèrent contre celles de Lucas. Comme le muscle se raidissait toujours davantage, il s'enfonça au plus profond des caves du palais de son partenaire avec une voracité carrément cannibale. Les bosses dans les pantalons, proches de l'explosion, entretenaient la douleur survenue tant elles se plaquaient furieusement l'une à l'autre.

Il s'agissait désormais d'ébats nettement énoncés. Les jumeaux se repaissaient d'eux-mêmes, étrange et fascinante image que de se rassasier de soi, que de faire l'amour à son double, baiser avec l'identique.

Dans la lancée fameuse et débridée, Lucas glissa

sa main du cou à la poitrine jusqu'au ventre contracté. Là, il se fraya un passage entre les pans de la chemise et appuya fortement sa paume à plat à la lisière du pubis. Une forêt de poils rêches se présenta au bout de ses ongles. De concert, l'index et le majeur investirent cette jungle inexplorée. Et tel un indigène sauvage et indompté, Lucas découvrit ce sexe chaud et humide, tellement voulu. Evinçant tous les principes de la bienséance, riant au nez des formes sociales de politesse, bafouant les bases des mondanités, il se saisit de l'engin soyeux qu'il serra comme l'eût fait un pêcheur d'un poisson pour qu'il ne s'échappât pas. L'espèce ne vit aucune menace si bien qu'elle ne tenta pas de fuite.

Son membre dur confié à la main de son frère, Joachim ne mesurait nullement l'échéance du prêt. Si quelqu'un, par-là, lui avait demandé l'exactitude du ressenti, le jeune homme se serait vu fort embarrassé de savoir répondre.

Insidieusement et sans prévenir, il se prépara à rendre les hommages. En déployant tout ce qui peut être de plus joli dans la maladresse, il reproduisit la trajectoire des gestes de Lucas. Un à un, il dégrafa les boutons au-dessus du manche bandé. Il inspecta à tâtons le coton du slip déformé, suivit lentement chaque couture du doigt tout en devinant subrepticement les contours du dard braqué. Avec une ostensible hésitation, il souleva l'élastique avant de s'aventurer timidement à l'intérieur de la poche. La collision avec le gland mouillé ne tarda point.

Au contact de la chair gluante, Joachim stoppa net sa prospection. De dégoût ou de surprise il ne se justifia pas, mais il fit immédiatement chemin arrière.

A son frère, il adressa la grimace d'un môme désolé de ne pas trouver de mot d'excuse à son empêchement. Lucas, dont la seule préoccupation se focalisait alors dans l'étouffement de cette compassion naissante, l'étreint dans ses bras plus fort.

La pluie cinglait toujours la campagne sans répit et sans dénoncer d'intention à s'y résoudre. Des rafales de vent sifflaient en heurtant les haies qui surplombaient la plage. Les trombes d'eau creusaient des ornières sur le sable, ameutant les colères de la mer unies dans le vacarme. L'automobile recevait les doléances du ciel par le fracas abattu. Un double vitrage d'épaisse buée avait capitonné la quiétude des amants qui se donnaient comme ils se prenaient.

Malgré le froid qui s'était largement approprié toute la place, il subsistait autour des délices masculines une aura de chaleur apprivoisée, louée à leur merci. Dès qu'il devina l'estompement de la résistance de son frère, Lucas l'embrassa de nouveau de sa semblable langue affamée. Il restait tant à écluser dans cette virginale bouche ! Puis il diminua son accolade tandis que ses mains courraient déjà sur le torse poilu. La promenade était pareille à une quête de fleurs dans un champ dont on ne sait lesquelles choisir face à la multitude de faveurs offertes. Il s'appliquait ainsi à des va-et-vient entre les épaules et le nombril. L'abondance de la printanière cueillette intensifia l'électrisation épidermique. Quand il se sépara finalement des lèvres de Joachim, il descendit frotter sa figure sur la peau, balayant la poitrine forestière. Dans les vallées aux confins des côtes maigres, il lécha le sel des transpirations accumulées, puis titilla le ventre duveteux. Le ver luisant au gland gonflé se soulevait seul sous la drague de la bouche autorisée. Les effluves qui s'en échappaient chatouillaient l'odorat du conquérant dès qu'il s'en approchait davantage. Aussi, dans une pulsion qui l'invitait à son insu, Lucas bascula la tête, vautra sa joue contre la fourrure frisée, et avala sans débat préalable le muscle grandi. Outre son rêve tu enfin assouvi, mais vraisemblablement grâce à lui, Lucas crût s'envoler, franchir cent fois le mur du plaisir, découvrir d'autres astres, presque les heurter. Il atteignit des altitudes présumées inaccessibles, happé dans les tourbillons ascensionnels des torrents de jouissance.

Emprisonné dans ce palais aux merveilles, en proie à des tumultes vertigineux, Joachim se mit en position de totale interdiction. Sa respiration, excessivement haletante d'abord, se bloqua net entraînant dans son sillage toute une palette de signes élémentaires qui ponctuaient les phases de son asservissement à l'incestueuse fellation. Le corps entier s'était contracté. Les traits du visage plissé renvoyaient une image de lui privée de paix. Ses bras et ses jambes tellement figés rappelaient ceux des cadavres au stade préliminaire du refroidissement. Le cou tendu soulignait les efforts surhumains de l'apnée. Joachim semblait ne plus exister, comme encastré dans un étau, façonnable à n'être pas quand il luttait au contraire à n'appartenir qu'à lui, enlisé dans ce vain combat épuisant dont la prime au vainqueur valait l'amnésie complète des soins prodigués par son frère. Ce dernier, concentré à pomper goulûment, s'acharnait tel un chien sur un os tout neuf.

Joachim ne s'était battu que contre lui-même au

lieu de se permettre la dérive quand les sangs étaient en crue. Comme sur des rivières énervées, les barrages endigués avaient cédé sous les courants furibonds. Fatalement, il manqua d'air. Avec une identique évidence il s'abandonna, régalant Lucas de la substance amère et douceâtre. L'abondante gorgée se logea instantanément dans sa bouche. Pendant quelques secondes, il garda au secret le sperme épais, semence dynastique que ce flots d'avortons Albancé ou Sordec. Castrant définitivement l'hérédité du nom à partager, Lucas engloutit le lait tiède soustrayant à l'improbable progéniture le fardeau de la succession, situation a posteriori peu enviable qu'elle n'aurait donc point à courtiser.

Brusquement, sans s'abstenir d'un accès de brutalité volontaire, voire calculée, Joachim retira de la poche déjà vidée une queue nettoyée et brillante. Un air courroucé qui traduisait une forme franche de contrariété transpirait sur sa figure emprunte de remords. Selon l'immédiat constat du masque de circonspection porté par son frère, enclin à une impardonnable naïveté, Lucas pensa naturellement qu'il fallait, à la hâte, couper court à cet état de rancœur aussi dégoûtée que perplexe. En s'appuyant sur les genoux, il se hissa au-dessus de la tête de l'hérétique fautif. Là, il baissa pantalon et slip pour, tant fièrement qu'imprudemment, déployer un braquemard à la hauteur de ses ambitions. Coincé sous ce gourdin terrorisant qui l'agressait, Joachim puisa au fond de ses ressources et asséna à son violeur en devenir une monumentale gifle qui lui griffa la joue. En ruban au paquet-cadeau, il l'admonesta sèchement, associant aux points prévenus sur les i un fleuve de noms d'oiseaux. Ebaubi et sur le cul, Lucas ne trouva même pas la dignité nécessaire pour remballer sa marchandise. Vilement, il cracha au visage de son semblable une immonde putréfaction verdâtre censée contenir sa haine et, surtout, la douleur de la blessure.

Lucas laissa Joachim sous les dégoulinades de morve. Il fila sous la pluie battante, par précaution se laver des moindres regrets par avance réfutés. Canardé de tous côtés par les eaux tombant à seaux, il tenta d'oublier les vicissitudes de son réel amour survenu pour ce maléfique frère. Cependant, il oublia surtout de ranger son attirail désormais fort rétréci.

# 27

Joachim ne se souvenait pas d'avoir jamais pleuré autant. En cascade de larmes déversées, il coulait de ses yeux rougis l'équivalent d'une concurrence à l'averse incessante. Des bas-fonds insalubres de ses entrailles remontaient des sanglots rauques, tout juste distincts des râles d'humiliation qui s'enchaînaient à eux comme l'écho à la montagne. A plus d'un titre, le petit garçon redevenu se sentait irrémédiablement souillé, atteint dans sa dignité, affecté par les salissures répandues sur son corps par dizaines de meurtrissures scarifiées, toutes promises à l'incandescence perpétuelle.

Ainsi frappé des insignes de la honte dont elle hissait haut l'étendard, il essuya d'un revers de manche sa figure nacrée de glaire grasse et de larmes huileuses, transformant son pull-over en haillon maculé. Sans baisser le bras, il ôta la buée sur la vitre en y laissant des traces en traînées épaisses sur le carreau. Dans un espoir d'accalmie, il regarda la pluie s'écraser sur le goudron de la chaussée luisante.

Dehors, une sorte d'amalgame d'automne et d'hiver maquillait le paysage et créait un climat empesé sous des fards gothiques, sombres et sinistres. Converti à l'immobilisme, en fidèle adepte de cette religion, le front contre la portière et les jambes repliées sur la banquette, Joachim se perdait dans un vide infini. Incapable de rattraper, maintenant, la barre, il assistait, en proie à une révoltante impuissance, désemparé à son propre naufrage. Les amarres de son âme n'avaient pas résisté au chaos, et ainsi ses esprits à la dérive, il fixait le néant, hagard, esseulé à en mourir de détresse. La lumière blafarde et douce, de celles appréciables qui permettent de s'accoutumer au jour après une période prolongée dans l'obscurité, ressemblait à un filtre artificiel installé par un décorateur dans un souci d'apaisement global. Joachim noyait son attention dans cette clarté feutrée au maigre potentiel de réconfort en guise d'échappatoire à la cinglante réalité. Morfondu, il expiait dans la submersion, pénitence que cet exil subodoré, unique issue envisageable puisque à l'honneur sauvé il ne pensait même pas.

D'ailleurs, il ne pensait à rien. Joachim condensait son énergie à l'exceptionnelle production de larmes qui, à force du rendement notoire, hypertrophiaient ses yeux exorbités et écarlates. Son visage soumis à ce cycle interminable d'arrosage brillait pareil à un bibelot encaustiqué soigneusement exposé sur un présentoir. Empêtré dans son impression de bête de cirque montrée gratuitement comme une publicité facile, il enfonçait sa tête dans les épaules autant que ce peut. Il s'écarta de la vitre le plus loin possible, pressé que la buée reformée la recouvrit entièrement.

Le boulevard qui bordait la plage, au fur et à mesure que la matinée progressait, accueillait les quelques péquins vivant à l'année dans la station. Pourtant, dans ce quartier excentré de Barneville, aux portes des dunes sauvages, on ne comptait guère plus de trois pelés et un tondu qui passaient. Et ceux-là n'avaient cure de cette voiture stationnée sur bas-côté. Néanmoins, Joachim pressentait une abondante foule alléchée s'échinant à satisfaire sa curiosité en manque d'événement sensationnel, rassemblée à proximité décente autour de l'automobile. Il n'avait rien perdu de sa folle imagination débordante. Engoncé dans son désarroi aux effets visiblement nocifs, comme victime d'une crise de délire au summum d'une grosse fièvre, il les voyait et les entendait indéniablement pour qu'ils ne fussent pas ! Il soupçonnait des badauds en masse à la cruauté acérée, les dents aiguisées, prêts à s'attabler pour le sacrifice d'un vulgaire pédé violé offert en pâture aux bonnes gens dont la morale flottait dans le vent comme un drapeau fièrement porté. Attaché à un totem, il percevait déjà la danse de ses prédateurs avant le grand festin quand il n'était que vautré sur la banquette et qu'une bicyclette courageuse affrontant la tempête venait de doubler le véhicule garé.

Joachim eut peur, soudain. Une trouille sans précédent incendia sa raison précaire. Sa figure empourprée sécha si vite sous l'angoisse subite, et en l'état, qu'il fut permis de se demander quel mascara affreux l'avait de la sorte grimé. Il avait l'air hébété et transi. Le froid aidait la frousse à le métamorphoser en un bloc incapable. Ainsi, les premiers frissons parcoururent sa peau et glacèrent sa colonne vertébrale aussi raide qu'un pilier de béton. Les spectateurs de sa déchéance en cours continuaient à affluer vers le feu de joie dressé en préliminaire aux meurtrières festivités. Les pas qui martelaient le sol pareil à ceux d'une armée victorieuse et chantante claquaient à ses oreilles comme chaque goutte de pluie sur la carrosserie. Joachim cherchait à s'enfouir. Il se blottit en une boule compacte tel un hérisson en posture de défense, se tordant le dos en moult efforts. En chien de fusil, avec la tête enroulée dans ses bras, il régressait vers ce fœtus effrayé que ce petit mammifère imité. Dans cette pénombre qu'il s'était fabriquée, il ferma les yeux comme autant de rideaux et de volets sur l'extérieur. Rompu à la pénible contracture de son corps, éprouvé par les bouleversements, trop pour un seul homme, il élut domicile dans le refuge d'imaginaires toujours sur le qui-vive pour le secourir au besoin, cependant inconfortablement à l'abri des ogres qui dansaient encore avant la démoniaque orgie. Enrôlé dans ces tourbillons entrelacés, quand les méchants faisaient la nique aux gentils, et vice versa, vice surtout, davantage égaré sur les passerelles érigées allant de sa psychose schizophrénique jusqu'à ses boucliers fantasmagoriques, Joachim sombra dans un coma convenu comparable à un sommeil éthylique.

Il ne sut pas combien de temps il avait dormi. Tout juste se souvenait-il pendant les premières heures du sortir de l'apesanteur. Joachim grelottait. Il déplia lentement son lot de courbatures, et tout à coup sa mémoire lui explosa, comme une bombe à retardement, en pleine gueule. Son réveil s'avéra alors brutal. Il se rappela la fraude incestueuse commise, le dérapage auquel il avait légèrement cédé, la tentative de son frère de le pousser à l'irréparable crime. Il se rappela l'odieux échange, le partage frelaté, la capture à laquelle il s'était laissé prendre. Et puis, il se rappela le diable autour de la voiture matérialisé en un féroce attroupement sanguinaire. Enfin, il se rappela le hérisson qui l'avait guidé au moment de l'attaque imminente et préféra sur l'heure demeurer sur ses gardes en dépit du silence qui avait étonnement succédé au bal, trop miraculeusement à son goût.

Parce qu'au grand jamais, Joachim n'admettait qu'il naviguait entre deux univers parallèles, parce qu'ils le construisaient ensemble, avec les pierres sur son chemin, parce qu'ils étaient, imbriqués l'un dans l'autre, son unique bouée de survie.

Revenue, la buée avait de nouveau tapissé les vitres de la voiture, ce qui assurait la discrétion des deux côtés de la paroi. Se refusant à retirer le voile opaque précipitamment, il s'appliqua à scruter la rumeur, stupéfait qu'elle se soit réduite à déclarer forfait si facilement. L'extinction du brouhaha s'était effectivement produite. Cependant, bardé de méfiance, Joachim ne semblait toujours pas disposé à se débarrasser de ses boucliers malgré le fait qu'il ne percevait plus le bruit des pas inquiétants comme un orchestre de tam-tams et de clairons qui sonnait le tocsin. Il se redressa sur le siège. Progressivement, il redonna à son cou sa longueur normale. Avec une précaution calculée pour ne pas attirer la moindre attention, tel un cambrioleur qui veille à ne pas alerter le chien de garde, il s'avança ainsi vers la portière. Rien ne se déclenchait davantage et la conclusion à tirer lui apparut de plus en plus clairement, la horde sauvage s'était retirée, le graciant avant l'aboutissement du dessein de sacrifice. Ils s'en étaient tous allés faire leurs affaires ailleurs, laissant en lieu et place de la grand messe une campagne silencieuse et déserte. Quand finalement il nettoya les carreaux d'un geste compulsif, Joachim s'aperçut qu'il ne pleuvait plus. Le vent également était parti souffler sur d'autres contrées.

En avènement à cette chasse à l'homme abandonnée, il se passa quelque chose d'inattendu, qui transperça le cœur de Joachim. Gagné par l'émotion d'un sentiment aussi troublant que beau, il ouvrit des yeux écarquillés sur le tableau qui se peignait devant lui.

L'eau sur la route ruisselait entre les flaques recueillies dans les aspérités du bitume. Du silence étourdissant, il se dégageait une atmosphère assimilable au repos, si justement fidèle au cliché du calme après la tempête. Une transparence lumineuse, pareille à une guirlande d'ampoules éparpillées, conférait un éclat surréaliste et tendre au relief. Il faisait virtuellement doux, même en sachant la véracité des froides températures extérieures. Mais le contraste entre l'image actuelle qui aguichait Joachim et les secousses des heures passées confirmait cette impression de clémence installée. On était dans l'après, dans ces moments où l'on respire enfin, où l'ordre se rétablit, ceux où l'on s'assoit, où l'on ouvre les fenêtres quand on ne referme pas sa porte, ces instants intermédiaires au perceptible relâchement. Nécessaires.

Si la nostalgie et la mélancolie, absorbées à hautes doses, peuvent se révéler venimeuses, alors les flèches qui perforèrent les tripes de Joachim l'empoisonnèrent assurément avec ce cocktail adéquat. Chaque morsure des pointes qui lui lacéraient la poitrine injectait sa quantité de venin dans les veines. La toxicité diluait son sang, ramollissant considérablement le socle sensé de ses idées. A la manière d'une fabrication d'effets spéciaux au cinéma, Joachim vit disparaître une partie du décor aussitôt remplacée par des constructions venues d'ailleurs et d'un autre temps. En conservant tel quel l'éclairage, les techniciens horlogers décalèrent les pendules sur l'heure du soir. L'impression du jeune homme s'affina. Il reconnut Prague quand le crépuscule commençait à descendre sur le Pont Charles vidé de sa foire et de ses déballages de breloques. Il était assis sur le parapet, dans l'échancrure d'un pilier. Au loin, quelques dernières silhouettes quittaient le monument, déjà happées par la brume qui donnait un aspect chaleureux aux halos des réverbères. C'était Olga qui filait là-bas, son théatre et ses marionnettes enfermés dans une malle à roulettes. Le vague à l'âme saisit Joachim à la gorge et comprima ses poumons en manque de cet air-là qui coulait à la source de son essence, mais à laquelle il ne buvait plus. A la vérité, il ne savait pas s'il s'agissait d'Olga ou non. Il aima à le croire.

Il se dit qu'il fallait saluer les prouesses des opérateurs pour la reconstitution parfaitement réussie. Joachim était chez lui, paisiblement seul sur son pont familier. La foule le lui avait rendu, comme en hommage à son retour dans la ville élue. Il observait cette nuit croître, qui enveloppait les maisons du quai de la Vltava dans son cocon de suie. Sur les hauteurs, le château illuminé avait déjà succombé, amputé de la flèche de sa cathédrale. Doucement, le premier sourire s'était dessiné sur le visage du garçon. Depuis. Avec sa bouche en croissant de lune, il s'adonnait à une complète béatitude face à la contemplation de l'endroit.

Par centaines ou plus, des souvenirs pareils à des moucherons en grappe exécutèrent un ballet désordonné, à croire qu'ils se livraient bataille afin de s'imposer chacun mieux. Dépourvus du moindre soupçon d'organisation, quand ils bafouaient les hiérarchies échafaudées, ils rallumaient les lampes de la mémoire de Joachim, dont certaines qu'il n'alimentait plus depuis son arrivée chez son père. Dans une sorte de féerie jubilatoire, il reçut une avalanche d'images aussi colorées que des diapositives poussiéreuses projetées lors d'une réunion d'anciens il ne savait quoi. La lecture des hiers déclinés sur les clichés animés ressuscitait l'ensemble des événements marquants de son histoire dans la cité aux clochers lourds et hauts. Le temps défilait à la vitesse d'un cheval au galop au travers des négatifs successifs. Les quelques connaissances praguoises, tissu ajouré de relations effilochées, lui adressèrent un signe de la main. Olga, en tête, dépensait tout son talent pour une exhibition privée de ses merveilleuses marionnettes. Entre deux ravissantes prestations, il s'entendit déclamer ses contes et légendes dans des classes peintes en gris terne, devant des écoliers sages, si attentifs qu'ils guettaient en permanence l'apparition des elfes ou des lutins à chaque virgule, la respiration suspendue. Joachim ne leur offrait qu'une maigre part de rêverie, presque des lambeaux de bonheur, mais il savait que les gamins en remplissaient leur cartable pour s'en abreuver jusqu'au coucher. A cette même heure, quand il rentrait dans son appartement, ses personnages en bandoulière, il se raccrochait aux estrades des écoles d'où il voyait ces joies manger les figures poupines des enfants. Il grattait une allumette. De la flamme obtenue, il caressait la mèche d'une bougie et attendait le regard fixe que la lueur chaude baigne la pièce. Là, il posait son sac vide. Assis sur des coussins entassés par terre, il lisait Arthur Rimbaud, bercé par le tic-tac de l'horloge qui l'amenait ainsi jusqu'au petit matin. Souvent, il s'écroulait avec son livre ouvert, à force de bâillements indécents. Et il dormait ainsi sans réveil programmé, ne surtout pas prévoir le moment de la douleur, cette solitude qui l'assénait en mettant un point d'honneur à ne jamais manquer le rendez-vous. Comme une transpiration intarissable, elle suintait sur toutes les images quelles qu'elles fussent en surimpressions subliminales. Néanmoins, en dépit d'elles, pertinentes et vives, il chérissait cet isolement par égard à sa promesse tenue d'une paix à la valeur inestimable, le salut à son décalage. Il lui arrivait même parfois de se tuer à la fortification de ses remparts.

Il aimait Prague pour cela. Il n'y vécut pas, s'y étant seulement installé comme une figurine miniature dans une boule de neige hermétique jusqu'à ce qu'un malheureux concours de circonstances ne la fit tomber et se briser. Il s'y était réfugié tel un papillon dans sa chrysalide à demeure, dont forcément les ailes seraient froissées à l'épouvantable sortie. Mais en attendant l'heure fatidique, ce fut l'endroit douillet et confortable, sans risque. Son ambition ne prétendait pas à plus d'envergure. Tout au long de sa vie, Joachim n'avait connu que la peine de la planque, celle de s'abriter. Sa mise à découvert lui demandait un effort insupportable. Il n'agissait que sous masque, caché derrière, toujours. Il ne s'exposait pas.

Or voilà que ce frère, dès l'origine su, avait inévitablement bousculé l'arrimage de sa tranquillité instaurée. Il avait trouvé la boule de neige, s'en était saisi et l'avait fracassée. Joachim d'abord n'avait pas favorablement concédé à cette manifestation, lui réservant un accueil mitigé. Et ce matin, dans cette voiture abandonnée sur une route du Cotentin, il s'adjugea la raison de son refus à la double naissance réhabilitée. Ce frère désormais imposé, de surcroît par lui-même, dérangeait. Il planait sur la quiétude du quotidien comme un orage sur une fin d'été. Sa présence devenait un fardeau assorti d'un inéluctable piège. Il était Satan. Joachim se trouva encombré de lui. De son corps désormais réel, de l'image identique qu'il distribuait, des mots dont il polluait son bien-être. Et puis il y avait son histoire, la leur, qu'il trimballait pour mieux la semer. Il ne s'était pas assez méfié. Charles, trop sentimental, avait été leurré. En guise de récolte, cette famille nouvelle qui lui tombait sur les épaules pesait trop. Il ne les connaissait pas et n'en voulait pas. Pas davantage d'une mère morte, a fortiori inaccessible. Sans souvenir possible, pas de câlins ni de regard, juste une poche d'eau qui l'avait nourri pendant neuf mois.

Mais que voulait-il ce jumeau prétendu ? Quelle preuve de ce sang identique à part la ressemblance physique justifiait son intrusion ? Et que prendrait-il ensuite après ce viol prémédité ? L'héritage des Sordec ? Les restes de la fortune ? De quelle épice était relevée cet amour subit de ce frère descendu du ciel comme un Père-Noël à la mauvaise saison, la hotte remplie de présents puants à déposer dans les chaussons ? Joachim ne voyait plus en lui qu'un être pervers, calculateur, si sournois que l'objet de ses desseins ne se résumait qu'en la tentation de les rendre tous à sa botte. Qui croyait-il berner encore ?

Le Pont Charles s'effaça aussitôt. Joachim pressentit l'urgence de la protection des biens et des siens. Du sien. Il hurla au complot, tout n'avait été que pamphlet. Il lui fallait agir vite, et tant pis si la colère est l'ennemie de la sagesse. Il sortit de la voiture, laissant la portière ouverte derrière lui. D'un bras d'honneur déterminé, il envoya valdinguer la fraîcheur et la fatigue. Ainsi, il marcha pendant des kilomètres et des kilomètres, agitant lorsqu'il entendait le moteur d'un véhicule qui approchait, un pouce aussi tendu que nécessiteux.

## 28

Aucun automobiliste ne dégnait s'arrêter, pas même amorcer un fugace ralentissement, à défaut d'embarquer le crasseux vagabond. Le ciel qui dérapait vers les bas étages menaçait toujours de s'écrouler, soutenu par un mercure dénué de honte, figé à proximité du degré zéro. Joachim n'en menait pas large en brandissant un pouce las au bord de la nationale. Bien que déjà rompu moralement, il s'essayait parfois à l'accelération pitoyable de sa cadence. Or, le peu de force qui lui restait pour se maintenir debout transformait l'exercice en une périlleuse gymnastique. Il pataugeait dans une boue compacte qui s'accrochait à ses chaussures et éclaboussait les ourlets de ses pantalons. Son pas s'alourdissait et quand il rencontrait un tapis d'herbe coupée en forme de providence pour soulager sa démarche, il n'était qu'une larve de marécage dans laquelle il manquait davantage de trébucher. La crotte de ses semelles y buvait un maximum au lieu de se dissoudre dans la cuvette irriguée. Sur la route, des flaques vastes comme des piscines composaient une broderie géante sur le bitume.

Joachim ne comptait plus les voitures ou les camions qui l'avaient dépassé dans une inhumaine indifférence, mais il portait les traces d'eux par dizaines de rideaux de flotte abattus sur lui à chaque traversée des ornières par les roues inconvenantes.

La faim qui creusait au-delà de son estomac, trouant les viscères alentours, devenait une torture. Accablé par les violentes crampes, trempé jusqu'aux os sur lesquels, peut-être, le froid déposait du givre, Joachim commençait à flirter avec une forme réelle de désespoir. Les mains enfoncées dans ses vêtements, le dos complètement voûté et la tête penchée, il avançait empêtré dans une accumulation d'obstacles qu'il entendait néanmoins toujours défier. Il ne perdait pas de vue l'objet de son évasion. Il irait de l'avant coûte que coûte prévenir Charles de la conspiration, verrouiller les grilles et les portes à double tour, éteindre les lumières et museler les chiens. Avec son père, ils ne donneraient plus qu'à voir un domaine fantôme, et s'ils parvenaient à s'y appliquer au mieux, effaceraient l'image de l'extérieur. Il ne puisait désormais ses derniers fragments d'énergie que dans cette obsession, si envahissante ou si inespérée qu'il ne pensait même plus à sortir le pouce infructueux de la poche de son manteau. Joachim redressa la nuque pour regarder en l'air. Le verdict tomba avec les premières gouttes. Il pleuvait à nouveau.

Sa course devint petit à petit une redoutable épreuve pendant laquelle il n'avait pas compté les heures écoulées pas plus que les kilomètres franchis. Parti gonflé à bloc, si sûr de lui, remonté contre le démon reconnu trop tard, sans même n'avoir pas réfléchi à l'itinéraire, il s'était armé d'une telle confiance que le périple engagé lui avait paru d'une facilité enfantine. Il avait pressenti la réussite de son projet comme une victoire inévitable, tant imaginé et prévu l'issue favorable, dessein par avance toutefois prématurément approprié, que nulle faille ne pouvait en entraver la préalable esquisse.

L'assurance qui animait Joachim dans son aventure écrasait l'ensemble des sentiments satellites qui se risquaient à graviter autour. En ligne de mire parce que la première sur le front, sa dignité se faisait lamentablement piétiner. Pareil à un jeu de massacre, le lynchage de tout ce qui pouvait encore l'identifier à un homme s'avéra impitoyable. Au point que plus aucun miroir n'oserait renvoyer son image, comme dotés d'une mémoire collective qui ne le reconnaîtrait pas dans le registre de ses fichiers. Les traits de Joachim s'affaissaient littéralement, comparables à ceux d'une peinture au sortir d'un bain contre-indiqué. Le spectacle de la décrépitude de son physique écroulé offrait une double lecture, plus subtile. Car ses capacités intellectuelles, également, prenaient sûrement la poudre d'escampette. Il ne résonnait plus. Joachim errait dans un immense terrain vague, torturé par la fringale et le froid, agressé par la pluie battante. Sa démarche chaotique traduisait la faiblesse assaillante. Presque à chaque enjambée, on s'attendait à le voir rouler et tomber dans le fossé tant son équilibre se précarisait. Aussi mouillé et puant qu'une soupe moisie, les joues maculées de glaire et de larmes amalgamées, le crâne tapissé de croûtes de sable collé, les doigts poisseux et jaunis aux ongles noirs, le pantalon souillé de boue et encore auréolé de sa tâche d'urine comme une cible à l'affront sur le sexe violé, Joachim trimbalait une caricature de monstre hideux, sinon répugnant, le long des routes du Cotentin, peut-être comme l'avait fait en d'autres temps et ailleurs l'invincible bête du Gévaudan. Encore heureux s'il ne mesurait pas l'ampleur de l'abîme dans lequel il s'effondrait.

En marge des circonstances qui brossaient le portrait peu flatteur des restes du jeune homme, l'évidence invitait les automobilistes à ignorer l'épouvantail singulier quand ils le doublaient. Alors, Joachim ramassa ce qu'il considérait comme étant ses esprits, tout juste des bribes, et commença à insulter tout ce qui, de près ou de loin, bougeait. Les voitures, les camions ou les plus rares tracteurs eurent droit aux grades les plus élevés des grossièretés. Les oiseaux aussi, les vaches impassibles, le train qui filait dans la campagne, et même un étendoir à linge oublié à l'averse reçurent leur lot d'amabilités. Tandis qu'il ne cessait d'alpaguer le moindre mouvement perceptible à l'horizon, Joachim, se jugeant trop rapidement privé de nouvelles proies faciles d'accès, décréta partout le statut de mobilité. Le voilà tout à coup copieusement servi. Autour de lui, il vit une danse se mettre en branle, les arbres et les cailloux remuer, les poteaux électriques s'abaisser à une révérence sur son passage, les clôtures des pâturages, celles des champs de carottes, les panneaux indicateurs ou publicitaires, tout ça se dandiner subitement. Et notre pauvre hère hirsute d'injurier à la volée, sans doute que lui-même. Pris dans la tourmente de son délire, il voulut se montrer davantage menaçant, régner en tyran. Il se pencha sur de minuscules pierres, des brindilles fragiles, toutes innocentes, pour leur hurler à la face sa décomposition tel un demeuré. Agenouillé dans les flaques croupies, il violenta des bouquets d'orties qui lui rendirent au centuple la monnaie de sa pièce. Mais lorsqu'il recula pour échapper aux morsures des buissons, sa faiblesse eut raison de lui et l'empêcha de se relever. Les premières crampes musculaires se joignirent au cortège des douleurs, et avec elles cette impuissance qui le narguait. Incapable de ranger ses idées, de faire la part entre ses envies et la nécessité, se débattant toujours avec sa rage, Joachim se laissa finalement choir sur le côté, anéanti par la fatigue et le désespoir, englué à une toile d'araignée perfide.

Comme une allumette qui se serait trop consumée par défi aux lois de la résistance, le tronc grillé jusqu'à la moëlle, tant fragilisé que déformé, et noirci d'un hématome géant, le corps de Joachim expiait du nombre des brûlures dont il ne s'était pas méfié. D'avoir fricoté avec la folie pendant des années, la démence le saisissait désormais, le clouant à son sort. Il était, là, Perrette, quand sa vie se réduisait au pot à lait. Il ressemblait à une grosse mouche qui n'aurait jamais rien eu d'autre à respirer que la vapeur expulsée d'un aérosol d'insecticide, et qui, sans se résigner, ne suspectait même pas sa dégringolade. La lutte de Joachim s'achevait dans le caniveau, en masse sombre vautrée dans la boue si discrètement derrière l'épais rideau de pluie. Aussi raide qu'inconscient, cet artéfact de cadavre ignoré refroidissait comme une loque perdue, un linge malencontreusement envolé, ici atterri.

Sur la route, les voitures bravaient la tempête à allure conséquente. L'enfer déversait des rafales tonitruantes en lames d'eau et de vent disproportionnées. La farandole des feux allumés déroulait des guirlandes de lumières blanches, pareils à des projecteurs sur la scène d'un numéro surréaliste. Le décor ainsi magnifié captivait les attentions comme s'il les avalait. Soigneusement camouflés sous les fragrances uniformes de l'humidité, les relents mêlés d'urgence à l'égoïsme croupissaient. Tant il n'y avait rien à voir dejà devant, qu'on ne réservait aux flancs de la chaussée que la négligence des éclaboussures d'une mélasse salie de bitume et de gaz d'échappement. Ca circulait, difficilement, pourtant le plus simplement du monde.

Chaque va-et-vient des essuie-glaces portait un coup à la dignité de Lucas. Or, sous cette météo en furie, l'accumulation se faisait abondance de culpabilité aux goûts et couleurs variés. Un vrai kaléïdoscope, semblable à l'œil de Caïn, aussi fatal qu'indélébile, clignotait devant le regard de Lucas aux oscillations des balais sur le pare-brise. Moins que ces apparitions surannées, quoique, des soubresauts vifs comme des entailles au canif assaillaient le frère encore debout. Enseveli sous les expressions diverses de remords, de regrets, de honte, de haine, envers lui-même, envers son jumeau aussi, assené par l'image narquoise de Joachim qui s'incrustait avec une violence aigüe, ébloui par la pluie phosphorescente dans les phares de ses poursuivants comme autant de procureurs à sa chasse, vengeance, Lucas suffoquait, chialait tout son sang jusqu'à se dessécher de son inhumanité mal aimable. Il avait trop voulu prendre, et tellement pris, vite, si vite, quand le rendu s'était avéré identique. Ce frère né du même œuf assurément, peut-être ne se figurait-il pas aussi sien qu'invoqué. Ce jumeau dans l'absolu qui ne l'était même pas sur les papiers ! Lucas l'avait maladroitement avalé, courant inexorablement après un retard indéfectible, tandis que l'autre n'ayant fondé que de différents espoirs, et au diable alors la sournoiserie en bouée supplantée, s'était laissé aspiré à cause des mauvaises cartes jouées. Ensemble, ils avaient emprunté une route qui se révélait n'être pas celle qu'ils avaient tracée dans l'enfouissement de leurs dévolus.

Lucas gara la voiture sur une aire instable de terre battue détrempée, vague mare sans nom martelée par la pluie. Les yeux noyés de larmes en provenance de sources crues intarissables, il se frappa le front contre le volant qui déchira la peau. Mais toutes les scarifications possibles n'atteindraient jamais la douleur solidement tissée à l'âme. Il pourrait se mutiler à n'en plus devenir qu'un tronc pour les cirques qu'il ne calmerait pas l'emprise des incendies qui le rongeaient de l'intérieur. Dehors encore, c'était fracas de bourrasques et d'averses. De la poudre de perlimpinpin sur la furie des flammes ravageuses. Ses esprits agités comme des feux-follets livraient un joli sac de nœuds à sa conduite. Désormais insaisissables, ses quoi, ses où, ses comment et ses pourquoi s'éparpillaient en volatiles grimaces.

Tel l'Albatros posé, après qu'il était descendu de l'automobile, Lucas déambulait gauche et veule. En moins de temps qu'il n'en faut pour le dire, il fut rincé comme si un nuage à lui réservé s'était crevé d'un coup. Aussitôt, il vociféra à la malédiction acharnée de bien vouloir aller faire ses affaires ailleurs. Les intempéries rigolèrent aux vaines protestations, tournoyant joyeusement dans le ciel à la manière d'un manège désopilant, clou d'une fête foraine locale. Tout à la fois, Lucas riait et pleurait de la farce de sa déconvenue. Les larmes sur ses joues se confondaient en une pitrerie où tanguaient de concert la drôlerie et la rage. Il aligna une série de cent pas le long de la route, les bras ouverts en croix, à la stupéfaction certaine des conducteurs hâtifs quand ils passaient à la hauteur de l'olibrius. Le comportement loufoque du jeune homme décrivait aussi bien une pantalonnade de plus qu'une excitation malgré lui qui obstruait le bon déroulement de sa raison. Mais au pantin, cette fois, il ne jouait pas. Il avait perdu son frère, ce jumeau qu'il avait voulu façonner à l'identique, l'inséparable attendu. Or, la défaite de Lucas ne se résumait que dans cette ambition-là, échouée. Cependant, ne se résolvant pas au naufrage de son entreprise, il remonta dans la voiture, déterminé à retrouver son reflet dans le miroir, voire celui multiplié des flaques parsemées, quitte à redessiner si nécessaire toute la carte du Cotentin.

Est-il opportun de rappeler, sans chercher à insister, les conditions météorologiques qui ne donnaient toujours aucun signe d'amélioration ? Et, est-elle utile la narration de cette quête improbable mais assurée de Joachim qu'il découvrit enfin gisant dans un fossé, en contre-bas ? Il avait roulé si lentement, essuyé quelques revers de klaxons, regardé partout. Il s'était arrêté, était sorti, parfois, gêné par un quelconque obstacle à sa visibilité. Il avait parcouru des kilomètres longs et fastidieux, emprunté des bifurcations aléatoires, des voies sans issue, opéré des demi-tours, des marches arrière, rejoint la côte du littoral, regagné les terres. Les réservoirs de sa volonté n'avaient pas désempli, pas plus ceux de ses convictions. Il avait même fait preuve de courage, presque, mais sans s'apercevoir, hélas, qu'un chèque somme tout rédigé en ladite valeur à l'ordre de soi-même ne représentait pas une réelle dépense. Honni soit qui… tralala… tralala, Joachim lui réapparut couché dans la boue, pas tout à fait mort, cependant peu habité par la vitalité.

Lucas dévala la pente à grandes enjambées, survolant le talus comme miraculeusement équipé des bottes de sept lieues. Tout en scandant le prénom de son épave de frère, il s'approchait déjà du corps inerte que les cris ne réveillaient pas. Dévoré par une trouille vorace, agenouillé près de Joachim qu'il crut vraiment mort d'abord, il succomba à la panique comme un marin aux chants des sirènes. Tel le Dormeur du Val, le moribond jonchait l'ornière que son poids avait creusée. Lucas attrapa l'épaisseur de sa chevelure pour soulever la tête au teint grisâtre. Sans ménagement, il glissa deux doigts dans la bouche et dégagea la boue infiltrée afin de permettre à l'air de circuler à nouveau. Il retira tout ce qu'il pût puiser de débris quand Joachim se mit subitement à suffoquer et vomir une bave putride noire de terre. S'en suivit une toux comparable à celle d'un tuberculeux, interminable, surgissant des abysses de la poitrine, presque excessive. Lucas diminua l'étreinte des cheveux mais garda néanmoins la main plaquée sur la nuque de son frère. Il le regarda déglutir avec une figure entièrement mangée par une satisfaction apaisante, le soulagement aussi marqué qu'un poinçon sur un bracelet d'argent. Il en fallut des minutes longues, prometteuses bien qu'incertaines, avant que les paupières de Joachim ne manifestent un désir sincère d'ouverture. Puis les voilà timidement remuer, dévoilant des yeux gonflés d'eau et d'étonnement, bouffis. Dès qu'il eût balayé le périmètre délimité à sa vue, s'avisant du cadre de ce lit marécageux, son regard rencontra la béatitude dans l'œil de Lucas, pareille à une étincelle de joie. Cette pupille lumineuse, puérile sinon stupide, se noyait dans la conjonctivite évidente de sa comparse. La vision titubante de Joachim but sans restriction toute la portée de son champ, de la campagne inondée au ciel sévère, jusqu'à la sotte compassion de son sauveur. Mais au fur et à mesure de l'absorbtion, comme des fils imaginaires qui se rebranchaient un à un, les idées du naufragé s'éclaircirent mieux. Il se rappela les étapes du parcours qui l'avaient conduit là, et ainsi semé semblable à la vilaine graine d'une herbe nauséabonde. Il bafouilla quelque babil inaudible quand ses sourcils se changèrent en accents circonflexes, ceux du dégoût et du châtiment qu'il forgeait. Aussitôt, il articula une flopée d'insultes virulentes destinées à rayer du visage de Lucas l'imbécile expression de plaisir. Sauf que l'effet ne se produisit pas. Joachim cracha les derniers rejets de boue sur ce sourire bête et méchant. Pas davantage, le jumeau ne se désarma de sa grimace d'ange lubrique.

Il avait lutté autant que ses forces amoindries le lui permirent, refusant tant que possible l'obéissance exigée de Lucas. Joachim s'était débattu quand son frère avait voulu l'arracher au sol, hurlant sornettes et jurons. La joute s'était avérée inégale. Sans problème, Lucas avait eu le dessus. Hissé sur des jambes chancelantes, secouru par l'épaule fraternelle, Joachim s'était résigné à son acheminement jusqu'à la voiture. Et quand, il réussit à l'encastrer à l'arrière, Lucas savoura une impérieuse victoire. Il démarra aussitôt, puis régla le thermostat du chauffage sur le rouge. Au coup sec d'accélérateur, les pneus crissèrent sur les rus qui lézardaient la chaussée. Dans le rétroviseur, Joachim s'écroula sur le cuir de la banquette. Il dormait. Lucas roula vite, très vite, comme une ambulance effrénée. Dans sa tête, un vacarme assourdissant camouflait l'absence de sirène et de girophare. Sans doute était-ce bien pire. Ca sentait l'urgence, un parfum si aigre qu'énivrant.

# CINQUIEME PARTIE

# 29

Pareils à des domestiques appliqués au devoir, les chiens de garde en poste aux grilles de la propriété jappaient en agitant leur queue, alertés par les vibrations du moteur reconnu.

Avant que ne retentissent les premiers aboiements des sentinelles canines, Joachim s'était réveillé naturellement tel un petit enfant que l'instinct informe de l'arrivée imminente. Les traits proches de l'état de brouillon raturé au crépuscule d'une journée harassante, affreusement pénible, il se souleva sur les coudes comme s'il avait voulu trouver un point de vue confortable pour constater les dégâts de l'échec à sa fuite. Revenu à la maison, il n'avait pas réussi à doper sa distance sur son conspirateur. Tandis qu'assis derrière lui, il détourna l'attention sur son cou, belle cible offerte qu'il serait facile de fracturer sur l'instant.

Visiblement, la météo s'était montrée plus clémente ici. Il avait plu mais les séquelles de l'ondée ne s'assortissaient pas des mêmes traces. Lucas gara la voiture dans l'allée de graviers et coupa le contact. Au-delà du haut portail et de la barrière de peupliers, la demeure se calfeutrait, assoupie dans l'obscurité. Une fenêtre seulement brillait à l'étage.

Charles, couché en compagnie de livres et de journaux, se promenait d'une lecture à l'autre. Enroulé dans un souk de couvertures, il avait été prévenu du retour de ses garçons par les molosses. Epiant chaque bruit, il suivait à l'oreille la progression des jumeaux dans la maison.

Le sommeil qui avait duré tout le voyage avait à peu près permis à Joachim de récupérer convenablement. Aussi, il refusa l'aide de Lucas pour traverser le jardin et monter l'escalier. Néanmoins, convenable et parfait n'étant pas synonymes, l'accès au premier palier s'apparenta à une laborieuse ascension. Joachim grimpa appuyé à la cloison, presque accroché à elle, si près de rater les marches une à une. Plusieurs fois il repoussa la proximité de Lucas, qui craignait de le ramasser d'une seconde à l'autre, usant à l'occasion d'un vocabulaire à faire frémir les cours de récréation des lycées, même dans les zones dites sensibles. Enfin, et sans aucune discrétion, l'équipée parvint jusqu'à l'étage. Malgré l'opposition virulente de son frère, Lucas l'entraîna directement dans la salle de bains. Derrière eux, il tourna la clef et retira l'objet de la serrure, par sûreté. Avec le soin d'une mère, il régla la température de l'eau pour remplir la baignoire d'où s'échappait déjà une vapeur chaude et moite. Il somma Joachim de se déshabiller mais la cascade qui coulait du robinet couvrit aussitôt l'échange qui promettait néanmoins de fameuses invectives.

Dans son lit, Charles ne faisait plus que semblant de lire. Il alluma un gros cigare dont la fumée masqua son regard triste et déçu.

Une éternité se passa.

La porte se rouvrit sur un mélange d'odeur de savonnette et du parfum fétiche à la violette. Joachim sortit éberlué, encore un peu sonné, cependant nettement requinqué. Lucas vida la baignoire, penché au-dessus du siphon qui emportait avec l'eau sale le goût de leur voyage, puis la remplit à nouveau. C'était son tour.

Charles appela son fils adoptif. Le bâton qu'il serrait entre ses lèvres lui conférait un faux air de sévérité intransigeante. Il ne s'agissait pas de supercherie, l'enclin du vieil ours à l'innocence un peu lâche empêchait la plus infime machiavélique mascarade. Toute sa vie, il s'était vautré dans une espèce de neutralité envers tout, hochant toujours la tête dans le sens du vent, que même ce jour-là, en dépit d'une amertume davantage prononcée, il ne saurait se réfugier derrière le masque emprunté à ce qu'il n'était pas.

Joachim dégagea une pile de bouquins posée sur une chaise, et s'y assit sans déplacer le meuble situé négligemment au milieu de la chambre. L'œil du jeune homme se déroba, jouant volontairement à se distraire. L'errance trimbala le regard fuyant des plafonds aux murs avant de se consacrer sur chaque détail de la pagaille de la pièce. Dans ce manège orchestré, Charles reconnut bien son fils, si ressemblant sur ce point. Son illégitime descendance déployait le même talent à tout considérer de biais pour mieux n'avoir rien à voir en face. Le vieux Sordec se découvrit presque un sentiment de douce mélancolie quand surgit cette similitude transmise de la chair qu'il n'avait pas donnée.

S'il avait pardonné, depuis belle lurette, l'escapade fort compréhensible des jumeaux, Charles ne se résolvait pas à accepter franco de port la dispute qu'il entendait rugir depuis leur retour. Ne sachant rien de leur aventure, l'inattention recherchée par Joachim présageait à elle seule d'un signe de mauvais augure. Toutefois, il s'abstint de la moindre question, persuadé que son regard forcé sur le garçon, qui à cet instant aurait payé des fortunes contre le pouvoir de s'évaporer, suffirait à dénouer beaucoup plus de réponses qu'un interrogatoire en bonne et due forme. Joachim croisa les jambes, arrangea les pans de son peignoir.

Puis il les décroisa. Il renouvela machinalement plusieurs fois le geste. A l'évidence, il se mettait en quête d'un stratagème pour falsifier l'entretien dont il craignait de ne pas sortir indemne sinon. Or, la saison n'étant pas propice aux fruits, il eut beau agiter les réserves de sa malice, n'en faire plus qu'un sans dessus dessous d'idées en vrac, il ne trouva nul effet pour parer à la confrontation. Tandis que Charles ne démordait pas du sien, déterminé à ne pas céder. En conséquence, et dépourvu d'échappatoire calculée, il ne restait plus à Joachim que l'emploi des verbes raconter ou expliquer, même si la finalité du jeune homme ne s'y résumait pas. Dans cette attente, il choisit de conjuguer se plaindre à tous les temps. Il ne lui fallait qu'une poignée de minutes encore, histoire qui sait, de se remémorer sa grammaire. Enfin, après de longues tergiversations avec lui-même, juste une négociation avec sa conscience, il se lança dans un monologue aussi pleurnichard que celui d'Harpagon, en moins amusant, à grand renfort de jérémiades en escomptant ainsi obtenir la bénédiction et le réconfort de son père. Plus que chez n'importe qui, l'espoir faisait vraiment vivre ce garçon.

Joachim livra un récit d'un bloc, n'épargnant aucun détail, exagérant parfois quelque trait jusqu'à l'indicible à défaut d'improbable. Un nombre gonflé de mensonges grossit la narration déjà trop argumentée de lourdeurs indigestes et donc inaudibles. Le jeune homme, sans doute permis, était assurément plus doué pour les contes et les chimères que pour s'installer à la table du drame scénarisé. Charles, s'interdisant de réagir aux insanités déblatérées, reçut un déballage de Lucas par-ci, de Lucas par-là, portrait vulgarisé du diable réincarné. A force de ce discours disgracieux, Joachim s'assoiffait de justice, déployant une plaidoirie dithyrambique qui réclamait en sa faveur une sentence exemplaire. Sans dévoiler la matrice de ses intentions initiales, il implorait l'extradition immédiate de son soi-disant frère, son exonération. Dans un silence cérémonial, Charles écoutait le pamphlétaire débiter ses chefs d'accusation. Les témoignages sonnaient si faux qu'il fût souvent tenté d'y opposer une objection, au risque inexorable de se voir d'emblée catalogué dans les pages de la défense. Or, l'honneur porté en étendard, Charles veillait scrupuleusement à n'être ni juge, ni partie.

La diatribe touchait le fond de l'impensable. De ce voyage offert à eux, bénigne fugue organisée pour retrouver le goût d'une adolescence à partager, Joachim ne relatait qu'un rapt ponctué de supplices. Il se déguisait en otage bafoué et violé que son bourreau finit par jeter sous la pluie au bord d'une route. Dans son costume mal taillé, cousu partout d'étoffes rapportées, le délateur travaillait sans filet à son discrédit. Caricature du Chevalier Bayard, face aux énormités énoncées, il se voulait effectivement sans peur et sans reproche. Croyait-il duper son père en s'attribuant, au flagrant mépris de la vérité, le rôle de la malheureuse victime ? Sa parodie d'accusateur public ne servait que d'inféconds attendus qui ne reposaient sur aucune preuve tangible. Ils n'étaient qu'un chant du partisan extrémiste bardé d'intransigeance, rimant à chaque phrase avec tout refus d'excuse ou de pardon. Et au fur et à mesure que tombaient les flèches de Joachim, acérées comme des points d'exclamation, Charles passait au cran supérieur de l'exaspération.

Bien qu'il s'évertuât à demeurer impassible afin de camoufler au mieux son sentiment d'agacement grandissant, l'ours écrivait à l'encre sombre sur sa figure cette lecture de plus en plus limpide qui le trahissait. Le sourcil fronçant malgré lui, il regardait son fils en train de tirer sur des ficelles au bout desquelles flottaient comme des ballons vendus à la sauvette des agréments dramatiques à son récit. C'en fut décidément trop pour Charles, abasourdi par chaque virgule qui ouvrait béante la place à de nouvelles incises davantage mensongères. Le discours fardé à l'excès se déroulait en compléments superflus, lourdement rehaussé de précisions frauduleuses et perfidement trempées dans un métal noir. Ainsi, d'après la voix off, de bons moments les garçons n'en avaient croisé aucun, que le fer, comme définitivement éliminés de la mémoire ou maquillés pour sa popularité en souvenirs cauchemardesques.

Charles mâchonnait inlassablement son cigare, quand, sans broncher, il leva une main à plat qui signifiait un aussi indiscutable qu'immédiat stop au fiel vomi. Résolu à ne pas entendre un seul mot de plus, le patriarche du clan Sordec affichait désormais sa franche désapprobation à ce conte défait. L'air ostensiblement courroucé, pour la première fois de sa vie il se demanda quelle sorte de monstre il avait élevé et aimé, ce gosse qui n'avait jamais voulu grandir, à la tête pleine d'eau peut-être. Lui, fils naturel d'Annabelle qui semblait, en se rappelant sa mère, hélas n'avoir hérité que du gène de la méchanceté d'Odette Albancé, son ailleule. Ajouté à celui de la lâcheté adoptive, le voilà joliment loti d'un emballage guère flatteur.

Soumis à l'ordre hiérarchique, Joachim sortit subitement de ses gonds. Il se planta debout au pied du lit de son père, hurlant pareil à un porc qu'on mène à l'abattoir qu'il lui préférait donc ce pervers dont on prétendait qu'il était son jumeau. Il affirma que Charles s'aveuglait en l'accueillant comme un cadeau, qu'il ne voyait pas la sournoiserie qui l'animait. Il le supplia d'accéder enfin à la clairvoyance et d'admettre que la convoitise de la fortune familiale, des ruines fussent-elles, forgeait l'unique dessein de ce frère. Dans un ultime recours, il saisit les épaules de son auditeur pour le secouer avec l'idée de le réveiller de son hypnose. Comment ne comprenait-il pas que l'affection gratuite de Lucas ne résultait pas d'un acte fortuit ? Auquel cas, pourquoi ne se laissait-il pas convaincre et incliner à une sagesse prudente ? Jusqu'où, avant que le désastre ne survienne, agrandirait-il l'espace de ses bras ? Mais comme Charles ne s'éloignait pas de son mutisme légendaire, volontairement forcé là, Joachim lui administra une baffe terrible qui signa irrémédiablement la fin d'une tendresse illimitée. Et réciproque autant. Les yeux déjà rougis et mouillés, Charles Sordec chassa le fils hors de sa chambre.

Malgré le bruit de la douche, les cris d'à côté

parvinrent aux oreilles de Lucas. Il ferma le robinet, sauta hors de la baignoire et courut dégoulinant s'assurer que tout allait bien.

## 30

Lucas crut à une manifestation de pudeur en voyant le drap remonté sur le haut du visage de Charles. A pas ralentis - à peine les osait-il - il s'avança jusqu'au lit recouvert d'entrelacs étonnants, composition de parures superposées et d'objets inattendus à cet endroit. La vision surréaliste d'une telle disposition lui arracha la sincérité d'un sourire. Il approcha une main délicate de la figure cachée et tira doucement sur le tissu de coton. Le vieil homme avait séché la source de ses larmes et, avec le coin du drap qui lui échappait, il s'essuya une dernière fois les yeux. Dans le reflet des pupilles brillantes, Lucas décrypta les réminiscences d'un chagrin enfoui, occulté du quotidien pour conserver une certaine foi en des lendemains de façade. La brûlure en éruption, aussi incisive que la lave d'un volcan, mordait Charles au sang après tant d'années d'étouffement qui n'avaient pas suffi à l'éteindre. Elle était la bête immonde, ce soir délivrée de sa tombe. Une émotion vive, jamais rencontrée encore, traversa Lucas face au spectre qui hantait le regard de l'échalas usé et rongé. Le trouble hors du commun terrassa le garçon, interdit. Sa respiration se ralentit malgré lui, plus même de battements des cils perceptibles, seule l'eau qui glissait sur sa peau nue. Lucas ne donnait d'autre ressentiment à déchiffrer que la gêne, taraudé par une envie d'invisibilité soudaine. Cela eût été facile au cinéma, au plan suivant son image effacée. Mais il n'était pas l'acteur d'une quelconque mise en scène élaborée, personne n'avait écrit de scénario à respecter et aucune scripte ne veillait aux mauvais raccords. Lucas s'était jeté à bras-le-corps dans cet espace empesé, la chambre de Charles où régnait une puanteur de cigares consommés, sans guide pour l'éclairer, quand le passé plombait l'air comme un abcès récurent, aliéné au-delà de l'insupportable.

Suspendu à son ciel ombrageux, de là-haut sinon d'en bas, Charles témoignait de l'émoi dominateur qui suintait sur les murs, pareil à la sueur sur un torse rompu après l'effort. Tandis que lui nageait dans les résurgences de ses tourments qui s'élevaient en vagues agitées, Lucas succombait peu à peu à l'apnée, proche de l'asphyxie. Empêchés, ils se débattaient intérieurement dans cette privation d'eux, le verbe et le geste muselés par des sentiments excessifs. Coincés dans cet environnement, comme dans un couloir rétréci, les pauvres chatons apeurés appréhendèrent l'urgence de desserrer l'étau étouffant, d'abord suggérée, en l'inscrivant de plus en plus haut sur la liste des préoccupations. Voilà qui évinçait enfin de la place leurs retenues respectives. Néanmoins, l'épuration de l'atmosphère, autant que l'assainissement de leurs tracas, ne se contenta pas de trois ou quatre minutes à peine. Il n'y eut pas de recours à un banal claquement de doigts pour que la priorité de s'extraire hors du marasme se substituât aux nœuds des réflexions. Et bien au-delà de l'opération, les murs de la chambre transpirèrent encore des relents particulièrement aigres.

D'un geste tremblant, Charles invita Lucas à s'approcher. Quand il fut assis au bord du lit, il sentit la main du vieil homme s'accrocher à la sienne. Aussi fermement qu'une empoignade virile, ils scellèrent leur paume, signant ainsi une complicité nécessaire à cette fusion des chairs. Sur les rides marquées du front, dans les yeux hagards aux orbites sombres et creusées, Lucas lut une tristesse emprunte de gravité rare. Ce visage à lui seul était un aveu. Les stigmates de la fracture ouverte sur des hier non résorbés définissaient la tumeur ancrée, l'oursin rempli de putréfaction prêt à crever. C'était maintenant ou mourir. Or, ils ne connaissaient d'autre intention que celle de vivre. Lucas comprit aussitôt que c'était lui qu'on chargeait de panser les plaies.

Joachim aussi. Intrigué par le silence qui faisait sombrer la maison entière, le fils officiel était revenu près de l'entrée de cette chambre. Le rôle attribué à son frère maudit le cingla comme un coup de fouet fatal au cœur tandis qu'une bouffée d'abandon l'étranglait. D'ores et déjà, il savait qu'il devrait rester seul avec son mal d'un autre acabit. Ce démon identifié, qu'il ne réfutait pas, s'appelait la jalousie. Caché derrière la porte entrouverte, il épiait l'usurpateur de ses devoirs qui recevait les doléances du père déchu.

Sans prévenir et sans aucun bruit, la nuit imperturbable était tombée. On n'entendait même pas le cri d'une chouette quand on ne savait pas où vaquaient les chiens. Mais qui pouvaient, là, penser à eux ?

Lucas écoutait le chef de famille répandre sa vie dévastée tout en partageant avec lui de la bonne herbe. Bizarrement sortie d'entre les draps, une bouteille de whisky accompagnait le joint reposant. La tresse blanche en bataille coulait négligemment sur les épaules de Charles. Un large carré de laine mitée couvrait la toison du buste, laissant discrètement apparaître la tête du serpent sur les muscles fondus de la poitrine. Irrémédiablement, il montrait un corps vieilli et fatigué. Il ne pleurait plus, mais ses yeux brillaient toujours sous la confusion d'une couche d'encaustique à base de mélancolie, de peine et de réconfort présent. Sa peau flasque dégringolait jusqu'à presque lisser les rides. Il lui rappela soudain Annabelle, quand elle dormait au funérarium, les traits adoucis, en paix retrouvée.

Charles recommença à expliquer l'enfance de Joachim. Et sa peur, de pair avec ce môme haut comme trois pommes. Ils avaient grandi ensemble, la trouille et le gamin. Très vite, Charles s'était senti débordé, et avait admis n'être pas de taille pour une telle responsabilité. Si souvent, il avait envisagé de renoncer sauf que la fierté, la sienne et celle de son engagement, lui avait dicté le contraire. Alors, il avait reconsidéré la question et dévié son orgueil en encouragement à s'en faire un allié. C'est ainsi et pourquoi il avait pourvu à l'éducation de Joachim.

A l'époque, il était le dernier des Sordec. Cette position promettait inéluctablement l'extinction du nom. En quelque sorte, ce fils s'était avéré l'aubaine. Il prolongerait la lignée au-delà de Charles, et sans doute la transmettrait à de nombreuses générations. En tous cas, le nouveau père œuvrerait dans ce sens.

Puis il tourna la tête pour regarder franchement Lucas, à l'heure du bilan, de reconnaître ses erreurs et sa fraude. En s'adressant à lui pour expier, il se garderait d'avouer qu'il voyait un peu de Joachim dans le visage attentif.

Oui, il avait exaucé la prière d'Annabelle. Aussi souvent qu'il avait dit à son fils qu'il l'aimait, il lui avait rappelé l'amour de sa mère. Le mensonge n'avait ainsi pas eu cours entre eux. Cent fois il avait raconté et expliqué, cent fois l'enfant avait acquiescé. Tous les deux avaient tissé une forme de famille atypique, usant d'un fil artificiel et dont l'apparente solidité les avait motivés pour poursuivre dans ce sens l'instruction.

Lucas, qui avait déjà entendu cette facette de l'histoire, ne parvenant pas à mesurer la profondeur indescriptible des ténèbres qui engloutissaient Charles, s'attendit à apprendre une effroyable vérité jusqu'alors tue, entre les mailles du récit déjà servi, désormais élimé. Il fronça exagérément les sourcils pour décrire son impatience à sortir de la version nacrée.

Non, le mensonge n'avait pas eu cours entre eux. Pas celui auquel on pense et qu'Annabelle n'avait pas souhaité. Or, il en existait un bien pire, noué en pelote de sournoiserie et d'égoïsme coincée dans la gorge du vieillard. Et son expulsion semblait un exercice difficile. Au moins autant qu'un accouchement si bien que Lucas serra plus fort la main flétrie.

Charles insista sur l'importance qu'il était le dernier des Sordec. Il répéta cette phrase comme une ponctuation à son plaidoyer. Mais si ce soir elle revenait sans cesse, gravée sur le sillon rayé d'un vieux disque en vinyle, trente ans plus tôt Charles l'avait inscrite en marge des règles de l'éducation dispensée. Tant il n'avait jamais occulté le moindre détail pour clarifier la vérité sur les circonstances de la naissance de Joachim, ni caché une quelconque information, même obsolète après prescription, qu'il avait taillé au petit garçon l'équivalent d'une panoplie d'Albancé. La réplique parfaite pendait dans un placard truffé d'antimites. Ils ne la sortaient qu'occasionnellement, les jours où le jeu s'y prêtait. Au quotidien, Joachim avait été formaté pour être un Sordec et se comporter comme tel. Jusqu'à son nom qu'il avait dérobé, laissant l'original aux documents d'état civil, et non usité. Ainsi feu Joachim Albancé, tandis que Joachim Sordec recevait les atouts majeurs pour devenir à part entière le Fils.

Les mots débordaient de la bouche comme un fleuve en crue, dépassant largement la côte d'alerte. Obligé avant la noyade, Charles s'arrêta de parler. Submergé par sa bassesse divulguée, a fortiori revendiquée, il se sentit dévoré par une honte immense, sans borne. De son côté, Lucas, dubitatif, cherchait en vain la figure du mal dans les paroles déversées. Convaincu du meilleur de son interlocuteur, il lui accordait le crédit du mieux qu'il avait su et pu. Invisible, Joachim assistait à la confession, imitant la souris sur le seuil de son trou. Invisible, mais pas sourd.

Quand Charles se mit à poursuivre son déballage à grand renfort d'inutiles justifications, Lucas s'employa au réconfort du bavard. Il posa l'autre main sur la joue semée de barbe blanche, et la promena sur les stries du cou. Protégé à son insu par l'ignorance de lui qui sauvait son honneur, il jetait en pâture à son frère toute l'indécence de la caresse. Ce jumeau, d'après son père, né blanc qui vécut noir, et vice versa, arborait aujourd'hui la parure complète des

Sordec. Il trimbalait une ancestrale et génétique lâcheté comme un sac en bandoulière, et ne commettait aucun acte s'il ne devait en tirer seul les bénéfices. En effet, depuis l'apparition du patronyme, la famille s'était autant multipliée que soustraite pour le genre d'avoir des armoires de Souchon. Pas un qui n'ait échappé au baptême pour trouver la foi dans sa *Foule sentimentale*. On y trichait, toujours mieux et souvent bien. Joachim, néanmoins élevé en faux, démontrait la véracité de cette malédiction entretenue.

Là, Lucas interrompît le monologue, invoquant l'expression populaire du blanc bonnet pour estimer les tares d'Albancé ou Sordec en dépit de leur répertoire différent. Et que, donc, son frère de toute façon avait appareillé pourvu d'un piètre équipage, quand une embarcation valait l'autre. Aussi, il n'entrevit rien d'excessivement choquant dans les propos rapportés. Il considéra nulle la manipulation dont se blâmait Charles, et qui, à son avis résultait simplement mais forcément d'une intensive culture familiale. Or, les champs d'orties sont si vastes et prolifèrent à foison.

L'affirmation de Lucas ricocha de l'un à l'autre des trois protagonistes avant que Joachim l'attrape finalement. Il en tritura les mots, décortiqua le sens certain d'y trouver des points d'amarrage pour l'emboîter aux précédentes révélations de son père. Une limpidité jaillit alors dans son esprit tortueux. Décryptant dans le secret où il se confinait celui qui l'avait construit comme la pièce maîtresse d'un puzzle inachevé, il conclut à l'échafaudage d'une machination des scélérats en osmose. Quelque chose d'impalpable, une sorte de génie malfaisant évadé d'une lampe sans besoin de la frotter commençait à défricher un carré de son cerveau pour y semer de mauvaises pensées. Imaginons-là une espèce de diablotin sautillant et gesticulant sur les épaules du jeune homme. Cliché traditionnel. La miniature agitée lui rabâchait qu'il n'était qu'un pseudo fils, un pseudo frère, ni Sordec, ni Albancé. Il vit en elle l'éclaireur dépoussiérant l'opacité de son singulier destin. A partir de cette illumination, il fut harcelé par l'envie d'envoyer valdinguer les liens du cœur et du sang représentés respectivement par ces deux pantins convertis. Mais le passage à l'acte se positionnait sur un échelon bien plus haut, difficile à atteindre. Renier le nom et la chair exigeait davantage qu'une banale formule de prestidigitation. Il aurait voulu saccager la fourmilière pour s'en arracher furtivement. Cependant, il était né d'elle et l'ancrage résistait à la violence du désir irréfléchi. L'attachement ne se dissolvait pas à l'impulsivité. Y céder relèverait d'une torture infligée à lui-même. Et Joachim appartenait suffisamment au clan Sordec pour ne pas être son propre bourreau. Quant aux influences Albancé imprimées en filigrane, elles ne l'entraîneraient pas à l'automutilation. Aussi, il demeura tapi dans l'embrasure de la porte pour écouter encore Charles s'endeuiller de lui et accueillir les bons soins de consolation que lui prodiguait Lucas.

La nuit considérablement entamée tournait les aiguilles des montres dans un inlassable rythme. Les garçons, depuis les pérégrinations de leur voyage, ne comptaient plus les symptômes de la fatigue comme s'ils avaient franchi un cap qui les y rendit insensibles.

Peu à peu, l'épanchement de Charles se résorbait enfin. Lucas ne s'en plaignit pas. Aussi imbibés d'alcool l'un que l'autre et passablement déraillés par l'herbe consommée, ils s'abîmèrent dans une confusion de mots et de gestes décousus. Le vieil ours blessé, arrivé à expiration de griefs, allait bientôt commencer à radoter si son confident n'avait posé un doigt sur ses lèvres sèches. Afin d'apaiser les ultimes sursauts, il appuya doucement sur tout le contour de la bouche. Loin de se calmer pour autant, Charles ne bougea plus, s'autorisant au doux abandon du contact. Toutefois, au fil des pressions successives, il sentit lentement se détendre les muscles du visage. De la main gauche, Lucas n'avait cessé de masser le cou et l'omoplate. Le drap qui couvrait Charles jusqu'à la poitrine laissait tout juste entrevoir la tête du serpent tatoué, flasque. Les yeux rivés sur la langue fourchue qui dardait, Lucas était comme hypnotisé. Il demanda la permission de dégager l'animal du coton râpé. Il tirait sur le drap qu'il fût déjà saisi d'admiration pour le reptile. Délaissant les salières décharnées, il s'accorda le droit de caresser les écailles courbées. La peau molle du vieillard se logeait avec abondance dans la paume tendre. Un plaisir sans pareil habitait Lucas quand il empoignait le sein tombant. Entre le pouce et l'index, il pinça le téton bandé. A ce stade, Charles refusa de nier plus longtemps les avances claires, et, n'écoutant que son émoi et son excitation survenue, il avala le doigt qui frétillait sur ses lèvres. En réponse, Lucas se pencha en avant pour gober le mamelon érigé.

Littéralement sur le cul, aussi parce qu'assis par terre dans le couloir, Joachim regardait ces deux-là se sucer mutuellement l'appendice offert. Et grandissant à profusion, il voyait le sexe nu de son frère se raidir.

En plaçant ses bras autour de la taille de Lucas pour l'attirer si près de lui, Charles s'enroulait à l'appétissante nudité, comme une identification naïve au serpent fascinant. La proie ravie succomba rapidement au prédateur. Ils pétrissaient leur chair comme la pâte d'un bon pain, si pressés qu'ils y mordaient dans l'urgence de la dégustation. Les amants improvisés se goûtaient. Les épices de leur bouche âpre se mêlaient dans des baisers longs et langoureux où la gourmandise les asservissait à son indiscipline. Enivrés d'eux, les corps basculèrent ensemble, en se heurtant. Pendant la bousculade, le coude de Charles rencontra le membre tendu et proposé. La tentation du muscle charnu délia les dernières inhibitions. Avec une brusquerie qui soulignait sa hâte d'en découdre, de se repaître de l'homme enrubanné d'une jeunesse à la merci du joyeux banquet, il repoussa l'amas de couvertures. Il libérait sa vieillesse comme s'il lui priait de vivre encore un peu. Ni resplendissant, ni robuste, aussi flétri qu'un bulbe que l'automne atrophie, le sexe exhibé de Charles sortit néanmoins de sa torpeur. Les dards hissés en étendard de leur soumission dévoyée à l'irrésistible faim s'enfermèrent dans l'indiscrétion des ventres. L'étreinte inconséquente ne diminuait pas.

Impassible, Joachim assistait au foutoir des ébats irrévérencieux qui dépassaient l'entendement. Pas une seconde, Charles autant que Lucas n'avait supposé que leur témoin pût être couché ou ailleurs tellement ils l'avaient occulté, sombrant dans une inconscience totale qui transformait la chambre, sinon toute la maison, en un espace hermétique. Chacun, loué à une mesquinerie sans scrupules et incongrue, se leurrait comme pour brouiller les pistes d'un jeu de cache-cache perfide. Devenant tour à tour le pion du joueur précédent, sitôt décrété adverse, ils étaient dominateurs ou serviles comme des poupées gigognes à l'infini.

Voici bien le théâtre d'un drame sordide, assouvissant les déviations des trois personnages, le spectateur face aux acteurs quand ces derniers ne soupçonnaient pas la possibilité de l'inversion des rôles. Il ne manquait dans le tableau que la pomme à ces Adam imprévus. La scène se tramait aux seuls ordres du désir. Joachim suivait acte après acte, voyeur du sel indigeste répandu. Son père et son frère entrelacés devant lui, l'ignorant donc, se fouillaient l'intimité de manière presque incestueuse. Il recevait chaque image comme une provocation perverse calculée, encombrée de raillerie subliminale. Et ainsi sans coup férir jusqu'au probable épilogue quand les combattants se bombardèrent le torse du lait paternel, millions de victimes épargnées de l'association Sordec-Albancé. Dans un soudain regain de clairvoyance, Joachim pressentit la nécessité de la faire péricliter.

Peu enclin à subir le manège des essuie-tout et autres serviettes, il quitta son poste d'observation pour aller s'asseoir sur le lit de la chambre voisine. Le grincement des gonds perça la poche artificielle des amants comme si un air nouveau avait profité de la fuite pour s'infiltrer et les réveiller. Lucas s'enveloppa dans un drap qui traînait. Il disparut dans la pièce où s'était réfugié son frère. A la fin de la croisade interrompue, le déserteur n'avait pas osé regardé Charles.

# 31

Où Joachim l'attendait.

Avec un sourire de cérémonie officielle, prétentieuse affiche d'un spectacle désaffecté, il grimaçait à outrance, à la manière d'un aboyeur zélé en poste au portique d'une fête désertée. Oubliant son impudique nudité souillée quand il le rejoignit, Lucas ne se laissa pas piéger par la toile soigneusement tissée de l'araignée. A tant de courtoisie employée, il répondit par le pendant du joli minois forcé. La joute engagée tenait les frères à distance qui semblaient concourir la finale d'un tournoi de politesse. Tout en improvisation, chacun croyait persuader l'autre de sa franchise comme s'ils se prenaient mutuellement pour de fieffés imbéciles. L'hypocrisie de la consanguinité, qui s'exprimait là peut-être pour la première fois à sa juste valeur, poussait les garçons dans leurs retranchements par la caricature de la duperie. *Je te tiens, tu me tiens par la barbichette...* Tant pis !, Puisqu'ils ne riraient ni l'un ni l'autre. Ils s'épinglaient en flagrant délit d'escroquerie à la fratrie, quand la goupille de leur grenade, définitivement, avait été arrachée. Sur l'échiquier rétréci par les murs de la chambre, les deux pions désormais isolés et esseulés imitaient les rois. Ils jouaient le dernier coup, celui où tous sont permis, les plus bas évidemment confondus aux fatals. Ils s'imposeraient donc de régner pour que l'échec et mat garde la noblesse de son sens. Au-delà de l'aspect physique du rétrécissement, le damier sur lequel les jumeaux évoluaient, îlot amalgamé de sentiments mensongers, dévoilait son côté étriqué. Joachim défendrait bec et ongles ses prérogatives d'héritier, quitte à infecter le sang désastreux des Albancé qui l'irriguait. Pensé comme un lavage de cerveau, il avait rincé maintes fois cette sève rouge foncé, à la rendre un temps et par besoin anonyme, puis inconsciemment façonné ce sang alors épuré en une production Sordec. Il n'y avait réussi que pour la part qui atteint la tête, dès qu'elle y parvient. Joachim avait eu beau faire, beau dire et beau lutter, partout ailleurs dans son corps ne coulait que du concentré d'Albancé, même après tant de tentatives de frelatage pour le transformer en nectar sirupeux, somme toute facile à ingérer. Mais cette essence destructrice d'Albancé, indissoluble, s'agrippait à sa chair comme une sale suie sur les parois d'une cheminée quand Joachim aurait invoqué jusqu'aux dieux de toutes les mythologies pour nettoyer ce purin d'orties. L'occultant avec force et conviction, ainsi persuadé - presque - de ne pas être de ce bois, il s'en était toutefois, bien malgré lui, nourri, abreuvé pareil aux liqueurs dispensées dans les orgies. Il en avait été possédé à son insu, en quelque sorte démuni par ce démon. Joachim n'avait été que son propre vampire, ses crocs plantés dans son cou où il n'avait tété qu'en circuit fermé.

Maintenant, il parlait à voix haute, infligeant à son frère la vérité de son horreur de lui. Et des relents amers qu'il dispersait partout dans l'air.

D'emblée, Lucas s'était senti las des faux sourires d'apparat échangés. Tellement qu'il y avait préféré une sorte de résignation, tournant catégoriquement le dos aux débats probables. Il en avait assez entendu ce soir pour comprendre. Comprendre qu'il avait dérangé encore, qu'aucune invitation n'avait été formulée. Ainsi, la sorcière qui s'était penchée sur son berceau le poursuivait toujours. Nulle part Lucas n'était le bienvenu. A chaque fois, à chaque endroit, l'horrible mégère serait donc là pour lui rappeler qu'il n'était pas aimable. Il y a longtemps que Lucas ne projetait plus sur l'amour, à en fuir dès que l'esquisse de l'épine se profilait. On lui avait si bien appris à ne pas pratiquer. Sans faute, la leçon avait été retenue. Il avait reçu son premier cours au Domaine des Tamaris. Dolcita, vraisemblablement par excès de pitié et surtout par souci de son image de femme respectable et bonne, avait froidement accueilli le garçonnet. Puisqu'il était là, ce fils de poète sans travail et sans nom, elle lui avait servi la soupe et cédé des draps propres. Qu'on ne s'y méprenne pas, la vipère avait œuvré sans générosité sauf pour elle-même. Elle accordait aussi cette soupe aux clochards de la place, et tant pis si elle crachait sur ses enfants aussitôt qu'elle avait fermé les volets de la maison. Alors, Lucas avait mangé et dormi. C'est tout.

Juste avant, il avait pensé à Julien. Il crevait d'envie de le revoir. Son mec. Pas son histoire d'amour, sentiment impossible puisque jamais montré, mais sa vraie complicité d'amitié intense. Bien sûr, les deux garçons baisaient ensemble, souvent. Mais depuis leur rencontre, ils s'étaient préservés d'aveux, gardés d'eux-mêmes. Il n'empêchait que là, juste avant, sur la crête de la détresse et de l'usure, ce fut pour Lucas comme un appel au secours en sourdine. Il avait besoin des yeux de Julien, de ses mains, ses bras. Toutes les sirènes d'urgence retentissaient. Il décida qu'il le rejoindrait dès demain. Juste avant qu'il ne s'endorme, rompu, malgré le fiel monologué de son jumeau.

Joachim jouissait déjà. Le loir écroulé à sa portée valait l'aboutissement de son dessein. Comme si son double était tombé, comme si le reflet du miroir avait révélé la chute. Il se leva, fit le tour du lit, observa son frère sous tous les angles, se rapprocha, de près, de loin. Joachim se taisait désormais. Sur la poitrine du corps immobile, il regarda les foutres mêlés, Charles et Lucas, qui finissaient de sécher ne formant presque plus qu'une écaille de serpent. Joachim ne vit plus une famille, seulement un nid producteur de venin. Il ne serait pas leur souris inoffensive, celle insouciante qu'ils comptaient dévorer. Ils ? Eux. Tous, les porteurs d'Albancé et son vieux père qui venait de tressaillir de Lucas. Les porteurs non sains de cette infection sans affection.

Il se pencha au-dessus de son frère, tant qu'il le frôla presque. Là, positionné à cette infime distance, il souffla sur la figure en paix. D'abord doucement, maniant une précaution particulière, puis plus fort, vigoureusement enfin, parodie raccourcie du zéphyr jusqu'à l'aquilon, Joachim mesurait la teneur du sommeil. Pour approfondir l'inspection, parce qu'il lui fallait être sûr, ne se tromper à aucun prix, il pinça les joues, tira sur les lobes des oreilles, écarta les lèvres du bout de l'index. Lucas en écrasait pour de bon, nulle réaction ne transpira sur son air d'enfant sage. Joachim jubilait, il n'était plus qu'un vaste sourire vengeur qui allait servir ce plat meilleur quand il est froid. D'un coup calculé, il cracha soudain sa semence de haine au centre du visage offert. Satisfait, aux anges, il aurait pu se contenter de cette monnaie de la pièce rendue tandis que sa proie continuait de dormir comme un bienheureux. Joachim ôta le lacet d'une chaussure. Afin d'en apprécier la solidité, il l'étira aux extrémités, encouragé par la situation si propice à son plan. Sautant donc sur l'occasion, il y avait déjà tant réfléchi, il passa le lacet derrière la nuque de Lucas. Déterminé, accaparé par une joie sans borne, il enroula le lien autour du cou. Et serra, ses forces réunies pour l'ébat ultime. Quand Lucas ouvrit les paupières, étranglé, il était trop tard. Ses orbites sinistrés où se logeaient des yeux écarquillés croisèrent le regard de son frère, l'effroi renvoyé au plaisir, enfin tous les deux différents. Il convulsa quelques secondes encore, expulsa la langue de sa bouche avant que sa tête ne cédât définitivement sur l'oreiller.

Tranquillement, empreint d'une forme d'apaisement ostensible, Joachim regarda longtemps le cadavre devenu. Au-delà de ce singulier objet que la dépouille, il fixa son attention sur la forme de la tâche accomplie comme s'il imprimait, point par point, le résultat du travail achevé. Joachim était fier et rassuré. Il admirait davantage son ouvrage que son œuvre puisqu'il avait procédé dépourvu de génie et de talent. Seul l'aboutissement comptait, s'arrogeant à lui seul la valeur de l'acte. Il s'était séparé, il s'était débarrassé.

Désormais, et comme jamais auparavant, Joachim portait dignement le nom des Sordec. Avec une volonté ancrée à sa chair, il venait de perpétuer une vieille tradition familiale, et signait ainsi, irrévocablement, son appartenance pleine et entière au patronyme. Le meurtre fratricide perpétré lui permettait d'accéder à une place de choix dans l'album des criminels de toutes les générations de Sordec. Enorgueilli d'entrer dans ce cercle fermé, Joachim affichait des traits rayonnants de fierté. Si vous pouviez le voir, resplendissant à la frontière de la vanité outrageuse.

En même temps que ses titres décernés, stupéfiantes palmes académiques, enfin digne de ses nombreux aïeux, oncles ou grands-pères ancestraux, il éliminait par son geste tout rival potentiel à l'héritage, aussi diminué fût-il. Si quelqu'un avait imaginé son intention de partager les ruines de la fortune et la maison avec l'intrus, celui-ci avait visé au cœur du leurre. Joachim n'était pas cinglé à ce degré. Après tout, n'était-il pas, seul, le dernier des Sordec ? Comme une assurance supplémentaire, il avait préféré écarter le risque d'une réponse négative. A n'en pas douter, l'adoption ne prenait réellement effet qu'aujourd'hui, après le sacre de lui-même et le sacrifice de l'autre, rite génétique pour succéder au précédent sous la couronne. Désormais prétendant glorieux par forfait de l'adversaire, il singea un cérémonial d'investiture. Debout devant la glace de la chambre, il observa son image, seulement la sienne. Alors, d'une voix monocorde et solennelle, Joachim Sordec déclara retrouvée par homicide civil sa condition originelle de fils unique.

Il retira le lacet sanglé autour du cou du vaincu, qui par endroits avait mordu la peau, l'enfouit dans sa poche avant de sortir de la pièce. Alertant toute la population des souris imaginaires mais non moins curieuses, déjà regroupées sur le seuil de leurs trous,

Joachim déambula dans la maison. A chaque étage, il fit grincer les gonds des portes. Même les marches de l'escalier de bois couinèrent sous ses pas arrogants. Il revisita tous les endroits, les chambres et les couloirs. Partout il entra en ne s'attardant nulle part. Il avait à y faire, lui savait quoi. Pour terminer son aventure, il retourna sur le lieu du crime. A tâtons, au-dessus de l'armoire, il chercha sa marionnette. Quand il sentit la poupée sous ses doigts, il l'attira vers lui. Calée sous son bras, le cadeau d'Olga ressemblait étrangement à une descendance qu'on conduisait à l'exil.

Joachim traversa le jardin sous l'écharpe d'une nuit fraîche et encombrée. Au passage, il adressa un salut militaire, en chef, à l'armée de peupliers. Les chiens, en fidèles gardes soumis, l'escortèrent jusqu'aux grilles. Il caressa la menton des molosses, puis le propriétaire referma le grand portail derrière lui.

Au volant de sa nouvelle voiture immédiatement attribuée, il roula le reste de cette nuit, comme s'il rembobinait la pellicule qu'avait déroulée celui dont il avait bien failli croire qu'il était son frère jumeau.

# 32

Une foule improbable, et à la fois inespérée, s'était amassée dans l'église. Des coups d'œil échangés furtivement au hasard des attentions détournées soutenaient le public avant la représentation, parce que c'est l'usage. Sur le parvis, quelques retardataires se pressaient comme s'ils craignaient de louper le début d'une séance de cinéma. Mais ils étaient venus, en fin de compte, avec leur figure aussi familière qu'inconnue. De qui ? Ils avaient fait le déplacement pour des raisons propres à chacun. N'est-ce pas l'essentiel quand importait si peu la motivation ? Sur les rangées de bancs inconfortables se serraient des hommes et des femmes, des jeunes et des vieux. Ceux qui s'étaient habillés dans les convenances, tout emballés de noir, et ceux qui refusaient ce cliché du deuil. De part et d'autre des alignements muets, on distinguait difficilement la sincérité de l'accompagnement du faire montre de compassion à l'égard d'un proche, ému au minimum. Aux deux premiers rangs, la clique Albancé, quasiment au complet, la gueule de circonstance en bannière, ostensiblement habituée ou blasée, bavardait. Dolcita, étonnante Castaphiore accablée, coiffée d'un chapeau noir à larges bords, exhibait davantage ses perles que sa mine chagrinée, suspendue au bras d'Etienne son mari. A la volée, les cloches, tonitruantes et bécasses, sonnaient le glas. Y avait-il plus de monde à prévenir que ceux déjà réunis pour justifier la nécessité d'un tel tintamarre ? Soulevé par quatre hommes en habit du dimanche empruntés à la chanson de Barbara, le cercueil entra dans la nef. Fixée sur le couvercle en acajou, une petite plaque en métal doré portait l'inscription *Lucas Albancé*. A un rythme évidemment religieux, le convoi s'éternisa jusqu'à l'autel. Aussitôt, un second cercueil pénétra l'édifice. Sur une plaque identique, il était gravé *Charles Sordec*.

Joachim avait ouvert en grand les fenêtres et les volets. Il voulait que l'air entre et se vautre. Que le vent s'engouffre, balaie et assainisse. Qu'il chasse les vieilles odeurs fortes, le tabac froid et les relents mélangés. Comme pour un inventaire quand ça n'était qu'une distraction, il promena son regard sur l'agencement du studio, erra d'un bout à l'autre tout en piétinant les photographies éparpillées sur le sol. Il éplucha la quantité de courrier arrivé, il décacheta. Julien était mort. Des cartes de condoléances s'amoncelaient. Machinalement, et curieux toujours, voire surtout, il appuya sur le bouton du répondeur dont le voyant rouge s'excitait à clignoter autant. Le premier message enregistré servit encore le *bonjour mon chéri, il est dix heures*... Il coupa le son. Bien volontiers il aurait ri mais Joachim leva les yeux aussi haut que possible, dans un soupir délivré. La lumière blanche du jour inondait l'appartement jusqu'à l'éblouissement, presque. Dans la pagaille des papiers accumulés au fond d'un tiroir, il prit un cahier vierge. Puis, il choisit un stylo à bille, encre résolument noire, et, sur la première page, il essaya d'imaginer l'avant, quand Lucas rentrait au petit matin, déchiré. Mais il savait si peu de choses sur lui. L'exercice promettait d'être difficile, titanesque et douloureux. Déjà, des gouttes de sueur fébrile mouillaient le dos de sa chemise. Très vite, il s'éloigna de son travail et du bureau. De son sac, il extirpa sa marionnette qu'il assit à sa place. Joachim s'allongea ensuite sur le lit, pour cacher dans les plis des draps les larves de ses sanglots qui s'échappaient. Et parce qu'il fallait, à cet instant précis, penser à autre chose, il fit tourner le disque posé sur la platine. *Nous les referons ensemble, nous les referons ensemble les vendanges de l'amour…*